MANÈS SPERBER

1905 — 1984

AUSSTELLUNG

Österreichische Nationalbibliothek

Wien 1987

TITELPORTRÄT:
MANES SPERBER MIT SCHWARZER MÜTZE.
Photographie von Henri Glaeser, Paris.

Das Porträt wurde 1974 von Henri Glaeser als Pendant zu Nr. 1.1. aufgenommen.

Eine Ausstellung der Österreichischen Nationalbibliothek.

Zusammenstellung und Katalog: Victoria Lunzer
EDV–Beratung: Florian Brody

ISBN 3-01-000001-6

Druck: Planungsstelle ÖNB. 1015 Wien, Josefsplatz 1
Hergestellt mit Macintosh

Vorwort

Die Österreichische Nationalbibliothek rechnet es zu ihren schönsten Aufgaben, im Dienst der Verbreitung und Erschließung der österreichischen Literatur tätig sein zu können. Diesem Ziel dient sie mit der bibliothekarischen Arbeit, die täglich hier geleistet wird, das ist die Verzeichnung, Sammlung und Erschließung der Buchproduktion zum Nutzen des Lesers.

Über diesen Alltag hinaus gibt es auch Festtage für unsere Bibliothek: dann, wenn sich um Bestände des Hauses eine Lesung, eine Ausstellung oder ein Symposium kristallisieren, die es erlauben, sich einem Autor oder einem Thema besonders zu widmen, Neues zu präsentieren oder Bekanntes zu vertiefen. In diesem Sinne kann auf die steigende Zahl wissenschaftlicher Veranstaltungen hingewiesen werden, die in den letzten Jahren die österreichische Nationalbibliothek immer enger in das Netz der wissenschaftlichen Institutionen einbinden.

Die Österreichische Nationalbibliothek wird im November 1987 Schauplatz dreier dem Schriftsteller Manès Sperber gewidmeter Veranstaltungen sein: in- und ausländische Fachleute sind zu einem Sperber gewidmeten und von der Manès Sperber-Gesellschaft, Wien sowie der Österreichischen Gesellschaft für Literatur organisierten Symposium bei uns zu Gast.

Im Rahmen dieses Symposiums findet in den Räumen der Österreichischen Nationalbibliothek die feierliche Verleihung durch den Bundesminister für Wissenschaft und Forschung, Univ. Prof. Dr. Hans Tuppy, des Manès Sperber-Preises 1987 an den italienischen Germanisten Univ. Prof. Dr. Claudio Magris, Triest, statt.

Die Österreichische Nationalbibliothek zeigt aus diesem Anlaß eine Manès Sperber gewidmete Ausstellung, zu der Frau Jenka Sperber zahlreiche großteils bisher unbekannte Photographien, Dokumente und Buchausgaben zur Verfügung gestellt hat. Ihr gilt für ihre großzügige Unterstützung besonders herzlicher Dank, ebenso Herrn Hans-Rudolf Schießer, Manès Sperber-Archiv, Frankfurt/ Main, Frau Helga Perz, Manès Sperber-Gesellschaft, Wien, sowie der Dokumentationsstelle für neuere österreichische Literatur. Nicht zuletzt danke ich Rat Dr. Victoria Lunzer, Forschungsabteilung der Österreichischen Nationalbibliothek, die die Exponate zusammengestellt, aus Beständen des Hauses und anderen Institutionen ergänzt und den Katalog verfaßt hat.

Ich möchte nicht schließen ohne auch dem Bundesministerium für Wissenschaft und Forschung für seine Unterstützung zu danken, ebenso der Gesellschaft der Freunde der Österreichischen Nationalbibliothek für die organisatorische Mithilfe. Ihnen allen, die Referenten des Symposiums eingeschlossen, die zum Gelingen unserer Veranstaltungen beigetragen haben, gilt unsere Dankbarkeit und Anerkennung.

Dr. Magda Strebl
Generaldirektor der Österreichischen
Nationalbibliothek

Einleitung

Die Österreichische Nationalbibliothek zeigt diese Ausstellung aus Anlaß eines internationalen Symposiums über Manès Sperber, das sie gemeinsam mit der Manès Sperber-Gesellschaft, Wien, und der Österreichischen Gesellschaft für Literatur veranstaltet.

Gerne haben wir das großzügige Angebot von Frau Jenka Sperber angenommen, für unsere Ausstellung zahlreiche, zum Teil unveröffentlichte Originalbriefe, Manuskripte, Buchausgaben und Photographien zur Verfügung zu stellen.

Über den direkten Anlaß hinaus gibt es Gründe genug, sich Manès Sperber zu widmen. Sperber, innerhalb der österreichisch-ungarischen Monarchie geboren, wird allgemein der österreichischen Literatur zugezählt, eine Auffassung, die er selbst durchaus teilte. Auch hörte er nie auf, Anteil an den Ereignissen in unserem Land zu nehmen, in der Zeit seiner frei gewählten Abwesenheit und selbst später, als das Wissen um die Verbrechen des Nationalsozialismus ihm ein Leben in der früheren Heimat unmöglich machte.

Österreich erwiderte die Aufmerksamkeit in Form von Preisen und Auszeichnungen, wie zuletzt den Großen Österreichischen Staatspreis für Literatur, der Manès Sperber 1977 verliehen wurde. Durch zahlreiche Vorträge und Beteiligungen an Symposien war er im österreichischen kulturellen Leben integriert.

Manès Sperber gehört zu jenen Schriftstellern, deren Werk in engem Zusammenhang mit ihrem Leben entstand. Damit ist nicht so sehr das Erleben auf privater Ebene gemeint, als das Leben des Menschen als homo politicus, als Mensch in seiner konkreten Zeit und Umwelt.

Für den Zeitgenossen Sperber hieß das immer, sich den daraus abzuleitenden Verpflichtungen, wie er sie verstand, nicht zu entziehen. Es überrascht nicht, daß er als jüngerer Mensch diese Verpflichtungen auf der Ebene der Taten angesiedelt sah. In Anlehnung an den Titel des Buches von Leonhard Reinisch ließe sich sagen, Sperber durchlief zunächst ein politisches Leben, um sodann ein aus den Erfahrungen dieses politischen Lebens heraus schreibender Schriftsteller zu werden.

1905 in Ostgalizien, damals einem Teil der österreichisch-ungarischen Monarchie geboren, kam Sperber 1916 als Elfjähriger nach Wien.

Er hatte schon bald den Wunsch empfunden, Schriftsteller zu werden, hatte als Jugendlicher auch schon erste Erfolge mit Zeitschriftenbeiträgen gehabt. Zugleich sah er sich aber den vielfältigen Möglichkeiten zu aktivem Engagement auf sozialem, therapeutischen und politischem Gebiet gegenüber.

Erst die erzwungene äußere Tatenlosigkeit des gefährdeten Lebens im südfranzösischen Cagnes-sur-Mer ermöglichte die Wiederaufnahme der schriftstellerischen Arbeit.
Um dieser Entwicklung von äußeren zu inneren Ereignissen gerecht zu werden, und die Breite von Sperbers Themen darstellen zu können, war eine unterschiedliche, den Lebensstufen entsprechende Einteilung der Tafeln zu wählen.

Der inhaltliche Zusammenhang der vierundzwanzig Tafeln ist daher für die Tafeln 1 - 12 biographisch, für die Tafeln 13 - 23 thematisch. Eine solche Gliederung entspricht der Biographie des Mannes, den wir heute vor allem als Schriftsteller ansehen und schätzen, der aber selbst im Verlauf seines Lebens unterschiedliche Schwerpunkte gesetzt hat.

Die Ausstellung ist entsprechend der Beschaffenheit der Exponate in zwei Teilen aufgebaut: auf vierundzwanzig Schautafeln wird in Reproduktionen ein Überblick über Leben und Werk des Schriftstellers gegeben, wozu in vier Vitrinen originale Briefe, Dokumente, Buchausgaben und verschiedene Objekte eine wertvolle Ergänzungen bieten.

1 GALIZIEN

"Es geht nicht nur um meine ersten Jahre, sondern um etwas, was weit über eine Biographie hinausreicht: um das ermordete Städtel, um ein religiöses, soziales und kommunales Phänomen, um eine Gemeinschaft, zu deren letzten Überlebenden ich gehöre." (Manès Sperber: Die Wasserträger Gottes. in: All das Vergangene. Wien, München, Zürich: Europaverlag 1983, S. 115.).

Manès Sperber wird 1905 als Sohn wohlhabender jüdischer Eltern in dem ostgalizischen Städtchen Zablotow am Pruth geboren.
Galizien war ein Problemgebiet der Monarchie: Spannungen zwischen der polnischen, der ruthenischen und der jüdischen Volksgruppe hatten ihre Wurzeln und zugleich ihre Auswirkungen auf wirtschaftlichem Gebiet: mit Ausnahme der polnischen Oberschicht, auf die sich die österreichische Verwaltung im Wesentlichen stützte, waren alle sozialen und nationalen Schichten der Armut ausgeliefert. Gegen Ende des 19. Jahrhunderts kam es zur Schliessung von Fabriken, zur gezielten Aussperrung jüdischer Arbeiter und Arbeiterinnen, zu einer großen Hungersnot, deren Auswirkungen selbst durch umfangreiche Unterstützung von privater Seite, z. B. der Baron von Hirsch-Stiftung und diverser Galizien-Hilfskomitees nur teilweise gemildert werden konnten. Die wirtschaftliche Not in den östlichen Gebieten der Monarche verstärkte den lokalen Antisemitismus.
Die jüdische Bevölkerung orientierte sich politisch und kulturell nach Wien, in der Erwartung, von der für alle Völker und Bereiche der Monarchie gleichmäßig zuständigen Zentralregierung mehr Objektivität, Gerechtigkeit und Schutz zu erhalten.

1.1. MANÈS SPERBER ALS KIND.
Photographie, um 1907; Jenka Sperber, Paris.
Das Kinderphoto bestätigt die Orientierung auf die bürgerliche Kultur der Hauptstadt bzw. der deutschsprachigen, staatstragenden Gesellschaftsschicht: die Mode, Kinder bei festlichen Anlässen in Matrosenanzüge zu kleiden, war gegen Ende des 19. Jahrhunderts in Preußen aufgekommen und sehr rasch als Konvention übernommen worden.

1.2. HAUPTSTRASSE EINER OSTGALIZISCHEN ORTSCHAFT.
Photographie, um 1914-1916; Galizien-Sammlung Nr. 6.432, Österreichisches Staatsarchiv - Kriegsarchiv, Bildarchiv, Wien.
Die Straßen in kleineren Orten Ostgaliziens waren nur selten gepflastert. Besonders im regnerischen Herbst versanken alle Verkehrswege in einem von vielen Autoren als typisch geschilderten Schlamm. Manès Sperber gibt eine suggestive Beschreibung: "*Ich habe meine frühe Kindheit in einem Lande verbracht, dessen längste Jahreszeit der Herbst ist. Dort ertränkt der kalte Regen den zu heißen Sommer, noch ehe der Monat August vorbei ist: er weicht die Straßen auf, so daß sie Sümpfen gleichen, und engt den Horizont so ein, daß man unter dem verschrumpften Himmel beinahe fürchten muß, von der Welt für immer abgeschnitten zu sein.*" .*(Manès Sperber: Nur eine Brücke zwischen gestern und morgen. Wien, München, Zürich: Europaverlag 1980, S. 137.)*

1.3. KARL EMIL FRANZOS: BESCHREIBUNG DER LANDSCHAFT UM ZABLOTOW.
In: Karl Emil Franzos: Ein Kampf ums Recht. 5. Aufl. Stuttgart, Berlin: Cotta 1906. ÖNB 457.096-B
Der Schriftsteller Franzos stammte aus Galizien. Er machte seine Heimat, ihre Folklore, aber auch ihre

nationalen und sozialen Probleme zum Gegenstand seiner Werke.

1.4. LANDSCHAFT AM PRUTH.
"Pruth bei Hlinitza", linkes Ufer. Photographie um 1914-16; Galizien-Sammlung Nr. 6.521, Österreichisches Staatsarchiv - Kriegsarchiv, Bildarchiv, Wien.

1.5. DER GERICHTSBEZIRK ZABLOTOW.
In: Gemeindelexikon der im Reichsrate vertretenen Königreiche und Länder. Bearb. auf Grund der Ergebnisse der Volkszählung vom 31. Dezember 1900. Hrsg. v. d. k. k. Statist. Zentralkommission. Bd. 12, Galizien. Wien: Verl. d. k. k. Hof- u. Staatsdruckerei 1907. ÖNB 429.658-C.K.
Die hier veröffentlichten Daten weisen Zablotow als das - nicht sehr große - Verwaltungszentrum einer Reihe umliegender Dörfer aus. Fast die Hälfte seiner Bevölkerung war israelitischer Konfession. Dieser jüdische Bevölkerungsteil sprach Jiddisch als eigentliche Umgangssprache, die jedoch nicht als eigene Sprache im Sinn staatlicher Registrierung anerkannt sondern als ein deutsches Idiom betrachtet wurde. Auch auf dem Gebiet der späteren Republik Deutschösterreich zählten die Juden zur deutschsprachigen Bevölkerung.

Zablotow beherbergte eine chassidische Rabbinerdynastie, in der ersten Hälfte des 19. Jahrhunderts begründet von David Hager. Zur Entwicklung der jüdischen Gemeinde im 19. Jahrhundert trugen wesentlich die durch die Baron von Hirsch-Stiftung eingerichteten Schule und Sparkasse bei.

1.A DER VATER: DAVID MECHEL SPERBER.
Undatierte Photographie; Jenka Sperber, Paris.

1.B DIE MUTTER: JENTE SPERBER, geb. Heger.
Undatierte Photographie; Jenka Sperber, Paris.

3.2.

2 JUDENTUM

Die grundlegenden Werte und prägenden Gehalte einer chassidisch beeinflußten Erziehung, wie sie ein jüdisches Kind in Osteuropa vor der Vernichtung des Ostjudentums erhielt, hat Manès Sperber selbst beschrieben:

"Ich bin ein Jude, weil ich in meiner Kindheit von einer alles umfassenden, alles durchdringenden jüdischen Erziehung geformt worden bin. Man lehrte mich, alles im Hinblick auf Gottes Gebote zu erkennen, zu verstehen und zu deuten; noch vor dem Schulalter las ich die Bibel im Original, daneben auch deutsch, etwa Grimms Märchen, und die Zeitung, die aus Wien kam. Man belehrte mich aufs eindringlichste über die von der biblischen Ethik angeordneten Lebensregeln, deren gebieterischste für mich unabänderlich geblieben ist: den Einklang von Glauben und Tun, von Theorie und Praxis zu erlangen und in seinem Sinne zu leben. Ich wage nicht zu behaupten, daß ich dieses Gebot stets befolgt habe, aber ich habe nie aufgehört, an jenen Lebensregeln zu ermessen, ob ich jeweils meinem Leben einen Sinn gab oder in Gefahr geriet, es sinnwidrig zu vergeuden. ***(Manès Sperber: Mein Judesein, in: Manès Sperber: Churban oder die unfaßbare Gewißheit. Wien, München, Zürich: Europaverlag 1979, S. 57.)***

Der überragende Stellenwert, der bei solchen Prinzipien der Erziehung beigemessen wird, bestimmt die Lebensgeschichte jedes Einzelnen. Hier wurde der Grund gelegt für Manès Sperbers lebenslanges Engagement für Erziehungsfragen, für Bildung und Heranbilden und für seinen späteren Einsatz, unter anderen Vorzeichen, für die therapeutische Arbeit des Individualpsychologen.

"Ein besonderer Umstand erklärt zusätzlich den erstaunlich großen Anteil der jüdischen Intelligenz an den Fortschritten moderner Wissenschaften. Selbst in den schlimmsten Phasen ihres Exils, als nur der Besitz von mobilem Vermögen die Juden vor der Vernichtung rettete - selbst damals betrachteten sie nicht den Reichtum, sondern die geistige Fähigkeit als höchstes Gut. (...) "Nicht in der Kriegsmacht, nicht in der Gewalt, nur im Geiste spricht Gott", verkündete der Prophet. Daran glaubten alle meine Ahnen. Daran glaubt auch heute noch die achtzigste Generation ihrer Nachfahren. Und demgemäß hat unser Volk gehandelt - gewiß nicht alle Zeit, aber oft und zeitig genug, um die Siege der Unterdrücker und die furchtbarsten ihrer eigenen Niederlagen zu überleben." ***(Manès Sperber: Bis ans Ende aller Tage, in: Manès Sperber: Churban oder die unfaßbare Gewißheit. Wien, München, Zürich: Europaverlag 1979, S. 34 - 35.)***

2.1. MANÈS SPERBER MIT 15 JAHREN.
Photographie, um 1920; Jenka Sperber, Paris.

2.2. MARTIN BUBER und FRANZ ROSENZWEIG: DIE FÜNF BÜCHER DER WEISUNG.
Berlin: Verlag Lambert Schneider, o. J. ÖNB 692.748-B.
Der jüdische Religionsphilosoph Martin Buber begann zusammen mit dem jüdischen Philosophen Franz Rosenzweig eine Neuübersetzung der Bibel, die 1926 - 1961 erschien. Über die Gründe, die bisherigen Texte zu ersetzen, gibt er in einem der Erinnerung an Rosenzweig gewidmeten Aufsatz "Über die Wortwahl in einer Verdeutschung der Schrift" Auskunft.

2.3. CHEDER (Religiöse Grundschule)

Rez. des Bildbandes "Verschwundene Welt" von Roman Vishniac, in: Süddeutsche Zeitung, 1983, Nr. 238, 15./16. Oktober.

Das Studium der Bibel beginnt für jüdische Knaben mit drei Jahren. Lehrgegenstand ist neben der Kenntnis des Pentateuch und der Bibelkommentare die Befähigung zu eigener Bibelhermeneutik, also zu kritischer, geradezu dialektischer, ständig erneuerter Bibelinterpretation.

2.4. MARTIN BUBER: WARUM GELERNT WERDEN SOLL.

Aus dem "Arbeitsplan" der Berliner Schule der jüdischen Jugend, 1932. In: Martin Buber: Kampf um Israel. Berlin: Schocken Verlag 1933. ÖNB 631.191-B

Das Studium der Bibel und der anderen überlieferten Texte ist - so Buber - Ergebnis und Voraussetzung des "faktischen Zusammenhangs der Geschlechter", der historischen Identität und Kontinuität des Judentums als einer "Erinnerungsgemeinschaft".

2.5. SCHOLEM ALEJCHEM.

Titelblatt zu: Schalem Aleichem (Pseud. für Schalom Rabinovitsch): Sämmtliche Werke mit Biographie und Bild des Verfassers. 1. Bd. Warschau: Verlag "Volksbildung" 1903. ÖNB 427.552-B

Die großen Autoren des Ostjudentums, Mendele Mocher Sforim und Scholem Alejchem, haben in der zweiten Hälfte des 19. Jahrhunderts der jiddischen Umgangssprache, die als "Jargon" ungebildeter und unkultivierter Leute galt, zur Anerkennung als Literatursprache verholfen. Sie entschieden sich bewußt dazu, Jiddisch statt Hebräisch zu schreiben, um ihr jüdisches Publikum zu erreichen, ihre Verbundenheit mit ihm auszudrücken.

Die beiden Schriftsteller erreichten zweifellos die angestrebte Volksnähe: sie wurden von ihrer Lesergemeinde geliebt und verehrt. Manès Sperber erinnert sich, daß auch in seiner Familie das Eintreffen einer jeden Lieferung der Gesamtausgabe von Scholem Alejchems Werken mit lautem Vorlesen daraus im Freundeskreis gefeiert wurde. *(In: Die Wasserträger Gottes, in: All das Vergangene. Wien, München, Zürich: Europaverlag 1983, S. 109 f.)*

2.6 TRANSPORT JÜDISCHER TEMPELGÜTER.
Bergung der Tempelgüter während des Ersten Weltkriegs. Photographie, um 1914-1916; Galizien-Sammlung Nr. 430, Österreichisches Staatsarchiv - Kriegsarchiv, Bildarchiv, Wien.

2.7. DUKLAER JUDEN AM WEG ZUM GEBET.
Photographie, um 1914-1916; Galizien-Sammlung Nr. 1463, Österreichisches Staatsarchiv - Kriegsarchiv, Bildarchiv, Wien.
Aufgrund der Frömmigkeit der galizischen Juden und ihrer traditionell positiven Einstellung zur österreichisch- ungarischen Monarchie vergab der amtliche Bearbeiter die folgende Bezeichnung für diese Photographie: "Galizische Juden begeben sich zum Tempel, um für unseren Sieg zu beten, Dukla."

3 WELTKRIEG - FLUCHT NACH WIEN

"Jerusalem und Wien, diese zwei Städte waren in den Wachträumen meiner frühen Kindheit zur zauberhaft nahe gerückten Ferne geworden. Jerusalem, das wußte ich, war in der Zeit und unverlierbar, weil Gott selbst es uns versprochen hatte. Wien aber lag in dem Raum, zu dem wir gehörten, im Reich Franz Josefs, dessen Untertanen wir waren. Also mußte es die Stadt der Paläste sein, nicht aus Ziegeln und Stein, sondern mit leuchtenden Kristallen erbaut, auf die die Nacht sich niemals herabzusenken wagte. Die Kaiserstadt war dem Kind in der Ferne Glanz und Pracht gewesen, die absolute Schönheit auf Erden; nun hatte die Wirklichkeit den Traum enthüllt und zerstört. (...) Und auch die Wiener waren anders, als sie unbedingt hätten sein sollen, erkannte der aus dem Traum exilierte Knabe."
(Manès Sperber: Alfred Adler oder das Elend der Psychologie. Wien, München, Zürich: Molden 1970, S. 10.)

Die galizischen Juden nahmen bei Ausbruch des Ersten Weltkriegs aufgrund ihrer traditionellen Orientierung auf die Habsburger-Monarchie (und aus Angst vor dem gewalttätigen russischen Antisemitismus) Partei für Österreich-Ungarn. Die Kämpfe um Galizien und das Eindringen russischer Armeen in Galizien und in der Bukowina hatten Verwüstungen und Pogrome zur Folge; hunderttausende Juden flüchteten in den Westen.

3.1 MANÈS SPERBER MIT EINEM JUNGEN MANN AUF EINER PARKBANK SITZEND.
Undatierte Photographie; Jenka Sperber, Paris.

3.2. DAS ZERSTÖRTE ZABLOTOW.
Photographie, um 1915-1916; Galizien-Sammlung Nr. 6518, Österreichisches Staatsarchiv - Kriegsarchiv, Bildarchiv, Wien.
Die Schlachten um Galizien hatten einen mehrfachen Besitzwechsel auch des Gebietes um Kolomea, Horodenka und Sniatyn zur Folge. Sie brachten furchtbare Heimsuchungen für die Zivilbevölkerung und schwere Zerstörungen mit sich.

3.3. DIE SPUREN DER RUSSISCHEN INVASION.
Bericht von Dr. E. Brenner in: Die Wahrheit, 1915, Nr. 15, S. 4-6. ÖNB 406.156-C.Per.
Der Beitrag bringt sehr detaillierte Schilderungen der Greuel und Zerstörungen im Gebiet von Czernowitz - Sniatyn - Kolomea - Horodenka während der Kämpfe im Winter 1914/15.

3.4. STELLUNG SCHWERER GESCHÜTZE INMITTEN EINER ORTSCHAFT.
Photographie, um 1914-1916; Galizien-Sammlung Nr. 1604, Österreichisches Staatsarchiv - Kriegsarchiv, Bildarchiv, Wien.
Die Aufnahme führt deutlich die schonungslose Kriegsführung vor Augen. Ein Aufstellen der Geschütze mitten unter den Häusern gefährdet die Zivilbevölkerung enorm.

3.5. JUDENFRIEDHOF IN HORODENKA.
Photographie, um 1914-1916; Galizien-Sammlung Nr. 4557, Österreichisches Staatsarchiv - Kriegsarchiv, Bildarchiv, Wien.
Die Lage des Friedhofs unmittelbar bei den Häusern erlaubt in Verbindung mit dem vorigen Bild eine Vorstellung von Sperbers Erleben der Kämpfe am Friedhof von Zablotow. *(In: Manès Sperber: Die Wasserträger*

Gottes, in: All das Vergangene. Wien, München, Zürich: Europaverlag 1983, S. 148 ff.)

3.6. FLÜCHTENDE JÜDISCHE BEVÖLKERUNG.

Photographie, aufgenommen in Tarnow, um 1914-1916; Galizien-Sammlung Nr. 419, Österreichisches Staatsarchiv - Kriegsarchiv, Bildarchiv, Wien.

Die jüdische Bevölkerung Galiziens hatte nicht nur wie die anderen Nationalitäten unter dem Krieg an sich, sondern auch noch unter Pogromen zu leiden. Daher flüchteten hunderttausende Juden in den Westen, um sich in Sicherheit zu bringen. Auch die Familie Sperber floh 1916 endgültig nach Wien.

3.7. OSKAR GRÜN: FRANZ JOSEPH I. IN SEINEM VERHÄLTNIS ZU DEN JUDEN.

Zürich 1916: Ostheim. ÖNB 686.809-B

Die Verehrung, die Kaiser Franz Joseph I. bei den Juden genoß, fand in zahlreichen Publikationen Ausdruck, etwa in einem Beitrag in der Zeitschrift "Ost und West", 1915, zum Thema "Kaiser Franz Josef in der jüdischen Volkssage". Die hier gezeigte Schrift des Rabbiners Oskar Grün gibt der hohen und dankbaren Einschätzung von Franz Josephs Beschützerrolle Ausdruck; Manès Sperber hielt seine eigenen Erinnerungen an die Wertschätzung des Kaisers in Galizien fest: *"Kaiser Franz Joseph bedeutete für alle Städtel-Bewohner der Monarchie weit mehr als für andere Untertanen, denn sie sahen in ihm den Garanten ihrer staatsbürgerlichen Rechte, den Beschützer gegen Willkür und Haß. Wenn ich meinem Großvater die Zeitung aus Wien vorlas - das geschah etwa zwei- oder dreimal in der Woche -, wollte er vor allem erfahren, was über den Kaiser geschrieben wurde, und dann erst die Nachrichten aus aller Welt ...".(In:*

Manès Sperber: Die Wasserträger Gottes, in: All das Vergangene. Wien, München, Zürich: Europaverlag 1983, S. 128.)

3.8. OSTJUDEN IN WIEN.
Photographie, bezeichnet: "Zwei Ostjuden im Kaftan mit einem Judenknaben. Mathilden (jetzt Gauss-)platz. 1915 IV 27."; PCH 17954 B, Österreichische Nationalbibliothek, Bildarchiv, Wien.
Im Herbst 1915 befanden sich rund 80.000 unbemittelte ostjüdische Kriegsflüchtlinge in Wien, die sich heftiger Ablehnung seitens der Wiener Bevölkerung gegenübersahen. Man beschuldigte sie, Wohnungsnot und Teuerung verschuldet zu haben, und trachtete, sie in Lager oder in ihr Ursprungsland abzuschieben.

3.A MANÈS SPERBER IM ALTER VON 12 JAHREN.
Photographie, Wien, um 1917; Jenka Sperber, Paris.

3.B JÜDISCHER STRASSENMUSIKANT AUF DER MARIENBRÜCKE.
In: Ruth Beckermann: Die Mazzesinsel. Juden in der Wiener Leopoldstadt 1918-1938. S. 108-109. Wien, München: Löcker Verlag 1984. ÖNB 1,237.356-C
Die Photographie wurde erstmals in Bettauer's Wochenschrift, 1925, Nr. 49, S. 14, veröffentlicht. Der Zusammenhang des Photos mit dem Text aus Manès Sperbers Autobiographie "Die Wasserträger Gottes" wurde erstmals von Ruth Beckermann hergestellt.

3.C WOHNUNGSNOT IN WIEN.
Album mit Originalphotographien um 1916-1920 von Bruno Frei; Pk 3306 1-41, Österreichische Nationalbibliothek, Porträtsammlung und Bildarchiv, Wien.
Nach Angabe von Ruth Beckermann stammen alle der für Bruno Freis Buch "Jüdisches Elend in Wien" gemachten Aufnahmen von Anton und Hans Bock.

4 SOZIALISMUS UND JUGENDBEWEGUNG

"Mich drängte zur Revolution das Elend der Armen, der Wasserträger meiner Kindheit, der Kohlengräber des Germinal, doch nicht der Überfluß der Reichen. Ich dachte und denke auch heute, daß der Klassenneid nicht ein Motiv echter revolutionärer Gesinnung ist, sondern nur jenes Verkürztheitsgefühl nährt, das die Besitzgier und die Flucht vor der eigenen Klasse fördert." (*Manès Sperber: Die vergebliche Warnung, in: All das Vergangene. Wien, München, Zürich: Europaverlag. 1983 S. 369.*)

Nach dem Ende des Ersten Weltkriegs empfanden viele vor allem junge Menschen die Notwendigkeit und Erwartung eines neuen Aufbruchs, des Aufbaus einer neuen, gerechteren und besseren Welt. Die Suche nach Wegen und Zielen führte zum Entstehen bzw. zum gegenseitigen Abgrenzen von - zum Teil nur im weitesten Sinn des Wortes - revolutionären Gruppierungen.

4.1. GRUPPE "ACHIM" (= DIE BRÜDER) DES WIENER HASCHOMER HAZAIR.

Auf der Rückseite bezeichnet: "Kwuzah "Achim" im Jahre 1921 (November). Eckert, -- , Dolek, Schaper".
Photographie, 1921; Jenka Sperber, Paris.

Manès Sperber hat sich 1917 der zionistischen Jugendorganisation Haschomer Hazair angeschlossen. Schon nach wenigen Jahren wurde er Gruppenführer und Mitglied der Gesamtleitung. Der "Schomer" hatte sich 1916 in Wien als Vereinigung zweier in Galizien beheimateter Jugendvereinigungen konstituiert, die eine mehr eine jüdisch-nationale Kulturvereinigung, die andere eine Pfadfinderorganisation nach britischem Modell. Ziel der neuen Bewegung war, Freiwillige für schwere Landarbeit als Pioniere für den Aufbau eines jüdischen Staates in Palästina heranzubilden. Aus der deutschen "Wandervogel-Bewegung" kamen die Ideale der Autonomie der Jugend, der Gruppenarbeit sowie der gezielten Entwicklung der Einzelpersönlichkeit. Nietzsches Philosophie regte zum Bruch mit den moralischen Traditionen an: "Also sprach Zarathustra" war ein "Kultbuch" dieser Jahre.

4.2. BER BOROCHOV: SOZIALISMUS UND ZIONISMUS.

Eine Synthese. Ausgewählte Schriften, hrsg. v. Mendel Singer. Wien: Verlag Zukunft (Der jüdische Arbeiter) 1932. ÖNB 633.349-B.

Gegen 1900 entstanden weltweit eigene zionistische Arbeiterorganisationen, die allerdings uneinig waren in der Frage, ob der Schwerpunkt des Einsatzes im Aufbau eines sozialistischen jüdischen Staates in Palästina oder im Anschluß an die internationale Arbeiterbewegung liegen sollte. Borochov, der 1907-1914 in Wien lebte, wandte als erster Zionist marxistische Argumente an, was für die Entwicklung besonders des linken Poale-Zionismus von grundlegender Bedeutung war.

4.3. SPALTUNG DER POALE ZION IN EINE SOZIALDEMOKRATISCHE UND EINE KOMMUNISTISCHE PARTEI.

Bericht vom 5. Weltkongreß der Poale Zion in Wien. In: Freie Tribüne, Wien, 2. Jg., Nr. 30/31, S.1. Universitätsbibliothek Wien III 490.932

Der Spaltung des Weltbundes war bereits ein Jahr vorher in der österreichischen Poale Zion die Übernahme der Mehrheit durch die Linken und der Bruch mit der Sozialdemokratie vorausgegangen. Den Standpunkt der Linken teilte auch Manès Sperber: "... *zweifelte ich nicht daran, daß das Schicksal der Juden nicht so sehr in Palästina als in Europa und Amerika durch den Sieg des Sozialismus entschieden werden*

würde, der, glaubte ich, mit Riesenschritten nahte..." *(Manès Sperber: Die vergebliche Warnung, in: All das Vergangene. Wien, München, Zürich: Europaverlag 1983, S. 352.)*
Die Zeitschrift "Freie Tribüne" war das Organ dieser linken österreichischen Poale Zion. Der Spaltung des Weltbundes folgte der Anschluß der Linken an die kommunistische Internationale, bei fortschreitender Distanzierung vom Zionismus. Dieser "linken" Fraktion gehörten die sowjetrussische, tschechoslowakische, österreichische und polnische Partei an. Der "rechten" Gruppierung (Parteien der Vereinigten Staaten, Großbritanniens, Argentiniens und Palästinas) gelang eine Synthese aus Zionismus und Sozialdemokratie; ihr gehörten u.a. der nachmalige israelische Ministerpräsident David ben Gurion und Salman Rubashov, der später unter dem Namen Shazar israelischer Staatspräsident wurde, an.

4.4. DER DICHTER PEREZ MARKISCH.

Von links nach rechts: Uri Zvi Grinberg, Daniel Leibl, Perez Markisch, Mendel Elkin. In: Encyclopedia Judaica: Jerusalem 1971-1972, Bd. 11, Sp. 1005-1006. ÖNB 1,087.760-D.Kat.

Der jiddische Dichter Perez Markisch schrieb formal neuartige expressive Gedichte über ostjüdische Leiden und Hoffnungen sowie zur Verteidigung der Oktoberrevolution. 1922 veranstaltete die "linke Poale Zion" einen Vortrag Markischs in Wien. Er las aus den von Pogromen und Hungersnot inspirierten Zyklen "Wehland" und "Der Haufen". Manès Sperber berichtet in seinen Erinnerungen, daß ihn Markischs Gedichte und Vortrag zur erneuten Beschäftigung mit der jiddischen Literatur veranlaßten. *(In: Manès Sperber: Die vergebliche Warnung, in: All das Vergangene.Wien, München, Zürich: Europaverlag 1983, S. 331.)*

Markisch wurde trotz seiner loyalen Einstellung zu Stalin 1948 des jüdischen Nationalismus beschuldigt und 1952 hingerichtet.

4.5. GUSTAV LANDAUER.
Reproduktion nach einer Autotypie; NB 525.316 R.Neg.B, Österreichische Nationalbibliothek, Bildarchiv, Wien.
Der anarcho-sozialistische Philosoph und Schriftsteller vertrat in der Nachfolge Proudhons und Kropotkins eine vom Marxismus deutlich distanzierte, auf den Einzelmenschen bezogene Vision des Sozialismus, die er in seinen Schriften "Die Revolution" und "Aufruf zum Sozialismus" darlegte (vgl. auch 19.2.).
In den Jahren 1909-1914 versuchte er mit einer pazifistischen Gruppe, der auch sein Freund Martin Buber angehörte, europaweit gegen den drohenden Weltkrieg zu arbeiten.
Landauers philosophische Werke waren von der Mystik Meister Eckharts (den er neu herausgab) und von der kritischen Sprachtheorie Fritz Mauthners beeinflußt.
Landauer gehörte der Münchner Räteregierung an, nach deren Niederwerfung 1919 er von antirevolutionären Soldaten mißhandelt und erschlagen wurde.
Die Begegnungen mit Landauer beeindruckten alle, die dazu Gelegenheit gehabt hatten, selbst wenn sie in der Folge eine andere Politik betrieben; so z. B. Lenin, oder auch Willi Münzenberg und Gustav Regler, mit denen Sperber später enger verbunden war. Manès Sperber bezog sich in seinen Schriften stets auf den utopischen Sozialismus Landauers, zuletzt in einem Radiovortrag im Jahr 1982. Seine Ideen empfand er in der Organisation israelischer Kibbuzzim verwirklicht.

4.6. NICHT KÖNNEN ODER NICHT WOLLEN ?

Briefwechsel des Exekutivkomitees der Kommunistischen Jugendinternationale mit dem Vorstand des Verbandes der Sozialistischen Arbeiter-Jugend. Mit einer Einleitung von Wilhelm Münzenberg. Wien: Verlag der Kommunistischen Internationale 1920. Universitätsbibliothek Wien I 437.239.

Die Auseinandersetzungen zwischen der Sozialistischen und der Kommunistischen Internationale, die die Spaltung u. a. der Poale Zion herbeigeführt hatten, fanden auch im Rahmen der internationalen Jugendorganisationen statt. Nicht zuletzt dank der Überzeugungskraft Willi Münzenbergs gelangen den Kommunisten bemerkenswerte Erfolge: bis 1920 schlossen sich 48 Verbände mit rund 800.000 Mitgliedern der kommunistischen Jugend-Internationale an. Der Versuch, die österreichische sozialdemokratische Jugendorganisation zum Beitritt zu bewegen, schlug allerdings fehl: die Österreicher waren nicht bereit, sich zum Einsatz gegen die Sozialdemokratie (d. h. gegen ihre eigene Mutterpartei) verpflichten zu lassen.

4.7. ALEXANDER WEISSBERG.

Reproduktion nach einer undatierten verschollenen Graphik, bez. I.G. (?); Eva und Hans Zeisel, Chicago.

Alexander Weissberg war, als seine Freundschaft mit Manès Sperber begann, Mitglied der sozialistischen Studentenbewegung. Ab 1925 arbeitete er für die Kommunistische Partei, der er 1927 beitrat. Er stellte für viele österreichische Linke, unter ihnen Sperber, die Verbindung zur KP her: Ernst Fischer berichtet, daß Weißberg ihm zur Kontaktaufnahme mit der Partei eine Villa am Kahlenberg vermittelte (in: Ernst Fischer: Erinnerungen und Reflexionen. Reinbek: Rowohlt 1969, S. 240-241). Weissberg überlebte die Verhaftung durch die GPU, die politischen Prozesse des Stalinismus, die

Abschiebung durch die Sowjetregierung an die Deutschen nach dem Hitler-Stalin-Pakt, die Haft im Konzentrationslager. Unter dem Titel "Hexensabbath" schrieb er eine der umfangreichsten und wichtigsten theoretischen Absagen an den Kommunismus.

4.A ERMORDUNG DES ÖSTERREICHISCH - UNGARISCHEN MINISTERPRÄSIDENTEN STÜRGKH DURCH FRIEDRICH ADLER.

In: Illustrierte Kronen-Zeitung, 1916, 17. Jg., Nr. 6040, 22. 10., S. 1. ÖNB 440.370-D

Am 21. Oktober 1916 erschoß der sozialdemokratische Parlamentsabgeordnete und Sohn des Parteigründers Dr. Viktor Adler den Ministerpräsidenten Karl Graf Stürgkh. Grund für die Tat war die seit dem März 1914 andauernde Ausschaltung des Reichsrats: die Volksvertretung hatte so keine Gelegenheit zu Beschlüssen oder auch nur zu Stellungnahmen zum Ersten Weltkrieg erhalten. Der Prozeß gab Friedrich Adler Gelegenheit, vehement gegen den Krieg Stellung zu nehmen. Seine Aussage, es komme ihm "nicht auf die Dauer, sondern auf den Inhalt seines Lebens" an, beeindruckte nach eigener Aussage den knapp 11-jährigen Manès Sperber und war nicht ohne Einfluß auf seine späteren politischen Entscheidungen.

5 INDIVIDUALPSYCHOLOGE IN WIEN

"Weitblickend und scharfsichtig erfaßte der Fünfzigjährige sodann, was die Psychologie, die er meinte, werden, und was sie zustande bringen könnte und was Psychologen anstreben mußten - bis zu jener vielleicht ganz nahen Zukunft, 'die nur eines kennen wird: Erziehung'."(Manès Sperber: Alfred Adler oder das Elend der Psychologie. Wien, München, Zürich: Molden 1970, S. 71.)

Die sozial orientierte Psychologie Alfred Adlers bot dem jungen Manès Sperber Anregungen und Einsatzmöglichkeiten, die in direkter Verlängerung seiner bereits vorhandenen Anlagen und der Sozialisation durch das jüdische Erziehungsideal, das Erlebnis der Jugendgruppen und der sozialistischen Weltverbesserungsideen lagen:
- eine grundsätzliche positive Einstellung zu Menschen,
- die Anforderung an das Individuum, die eigenen Fähigkeiten im Interesse der Gemeinschaft optimal zu entwickeln, sowie
- einen starken sozialen Imperativ zur Hilfeleistung.

Auf die Entwicklung seiner literarischen Fähigkeiten und Ambitionen mußte Sperber allerdings verzichten: von Adler vor die Alternative gestellt, Schriftsteller ODER Individualpsychologe sein zu wollen, wählte er die Psychologie. Der Verzicht fiel ihm allerdings schwer: er hatte bereits mit 13 Jahren Beiträge in der Jugendbeilage einer Wiener Tageszeitung veröffentlicht, und auf Zuspruch Albert Ehrensteins hin zwei Novellen einem Hamburger Verlag eingesandt. Doch tröstete er sich mit der Hoffnung, später einmal, mit 35 Jahren, Schriftsteller werden zu wollen.

5.1. MANÈS SPERBER MIT 16 JAHREN.
Photographie, aufgenommen im Wiener Augarten, um 1921; Jenka Sperber, Paris.
Die Photographie zeigt Manès Sperber im Alter seiner beginnenden Beziehung zu Alfred Adler.

5.2. SPERBERS DIPLOM MIT NOTE "SEHR GUT" ALS HEILPÄDAGOGE FÜR SCHWER ERZIEHBARE KINDER.
Ausgestellt am 29. Juni 1926. Der Diplomvordruck trägt die Unterschriften von Dr. Alfred Adler, Dr. Alexander Neuer, der auch den Vordruck ausfüllte, und einer dritten Person (Dr. Nowotny ?). Verkleinerte Reproduktion.

5.3. ALFRED ADLER LESEND.
Undatierte Photographie; Neg. III 133-8, Institut für die Geschichte der Medizin, Photosammlung, Wien.
Der fünfzigjährige Alfred Adler nahm den sechzehnjährigen Manès Sperber nach dessen erstem Referat in den Kreis seiner Schüler, später auch in den seiner Mitarbeiter auf.
Der Arzt Adler hatte in seiner Berufsausübung sehr bald die streng fachimmanente Betrachtungsweise überschritten und das Umfeld der Kranken in seine Beurteilung einbezogen. Das gilt für das 1898 erschienene "Gesundheitsbuch für Schneider", welches programmatisch "den Menschen nicht als Einzel-, sondern als Gesellschaftsprodukt" behandelt, wie für seine generelle Erklärung seelischer Störungen aus mißglückter Anpassung an die Gemeinschaft.

5.4. IDA LÖWY: ELTERNSORGEN - KINDERLEID.

In: Der Mensch im Alltag. Zeitschrift zur Verbreitung und Anwendung der Individualpsychologie. Wien, 1927, 1. Jg., Nr. 1, S. 5-6.

Die soziale Orientierung der Individualpsychologie brachte sie in enge Verbindung mit der vorbildlich umfassenden Sozialpolitik der sozialistischen Gemeinde Wien. Erziehungsarbeit und Kinder- und Jugendtherapie war einer der Schwerpunkte in beider Programm. Persönliche und institutionelle Verflechtungen z.B. im Wiener Stadtschulrat, bei den "Kinderfreunden", an den Erziehungsberatungs- und Kinderaufnahmestellen der Stadt Wien usw. ergaben sich daraus.

Eine tragende Rolle im Rahmen der öffentlichen und kostenlosen Erziehungsberatungsstellen spielte die frühere Lehrerin Ida Löwy. Sie wußte Adlers Grundsatz, Menschen zu ermutigen, selbst bei schweren Konfliktfällen an Kindern und ihren Eltern zugleich anzuwenden.

5.5. MANÈS SPERBER: ALFRED ADLER. DER MENSCH UND SEINE LEHRE.

München: Bergmann 1926. ÖNB 558.967-B

Manès Sperbers erste größere Schrift, wie so viele spätere bereits "Essay" genannt, erfüllte die Funktionen eines biographischen Abrisses, einer Einführung in die Probleme der Individualpsychologie und eines Leitfadens der - bei Erscheinen - jüngsten Entwicklungen der Psychologie.

5.6. MANÈS SPERBER: ÜBER DEN SELBSTMORD ALS RACHEAKT.

Titelbeitrag in: Gemeinschaft, Berlin, 1926, 1. Jg., Nr. 7, 15. August. ÖNB 609.955-C.

Einer der zahlreichen von Manès Sperber veröffentlichten Beiträge für individualpsychologische Zeitschriften.

5.7. ALFRED ADLER AN MANÈS SPERBER ZUR ÜBERNAHME DER REDAKTION DER ZEITSCHRIFT "SACHLICHKEIT".

Reproduktion der Einleitungssätze. Brief von Alfred Adler an Manès Sperber, Chicago, 28. 2. 1928; Jenka Sperber, Paris.

Adler begrüßt die Übernahme der Redaktion der Zeitschrift "Sachlichkeit" durch Sperber (der 1927 nach Berlin gezogen war), und empfiehlt Kontaktaufnahme mit den individualpsychologischen Sektionen, nicht zuletzt zur finanziellen Sicherstellung des Blattes.

5.8. ÄNDERUNG DES ERSCHEINENS DER ZEITSCHRIFT "GEMEINSCHAFT"

Redaktioneller Hinweis, in: Gemeinschaft, Berlin, 1926, 1. Jg., Nr. 7, 15. August, S. 6. ÖNB 609.955-C

In einem Kasten wird angekündigt, daß die Zeitschrift "Gemeinschaft" (nach einjährigem Erscheinen) ab 1. Jänner 1927 als Monatsschrift unter dem Titel "Sachlichkeit" fortgeführt werden wird. Eine Ablösung Ada Beils von der Redaktion durch Manès Sperber wird nicht erwähnt.

5.A BRIEF ALFRED ADLER AN MANÈS SPERBER.

Autograph, Chicago, 28. 2. 1928; Jenka Sperber, Paris.

Adler geht, wie schon bei 5.7. erwähnt, auf die Betreuung der Zeitschrift "Sachlichkeit" durch Manès Sperber in Berlin ein. Darüberhinaus rät er Sperber, seine finanziellen Schwierigkeiten durch Vorträge vor jüdischen Logen und Kantvereinen zu beheben, und empfiehlt eine Kontaktperson in Dortmund.

6 MARXISTISCHER INDIVIDUALPSYCHOLOGE IN BERLIN

"Hüben - drüben ... Hier eine Welt des Niedergangs, in der das ewig Gestrige mordend verendet - dort eine neue Welt im Aufbau für neue Menschen. Drüben - hüben: die Sowjetunion, das sozialistische Sechstel der Erde auf der einen Seite - die fünf Sechstel auf der anderen, wo man angesichts von Verhungernden Weizen verbrannte, um den Preis zu halten, und wo sich die Kohlenhalden haushoch türmten, indes in den Hütten der Ausgesteuerten Kinder erfroren." (Manès Sperber: Die vergebliche Warnung, in: All das Vergangene. Wien, München, Zürich: Europaverlag 1983, S. 503-504.)

Gegen Ende des Jahres 1927 übersiedelte Sperber von Wien nach Berlin, um auch dort als Individualpsychologe zu arbeiten. Maßgeblichen Anteil an seinem Entschluß zur Übersiedlung hatte die Hoffnung, im Rahmen der großen Kommunistischen Partei Deutschlands die in Österreich nicht realisierbaren politischen Vorstellungen in die Wirklichkeit umsetzen zu können.

Zur selben Zeit heiratete er Mirjam Reiter, mit der er seit der Zeit im Schomer verbunden war.

In dem Maß, als Sperber in Berlin psychologische und kommunistische Tätigkeit verband, wuchs die Entfremdung zwischen ihm und Alfred Adler. Nicht ohne Zusammenhang mit der Zuspitzung der politischen Lage in Österreich und Deutschland distanzierte Adler sich zunehmend von aller linken individualpsychologischen Tätigkeit. Die persönliche Beziehung zwischen Adler und Sperber brach ab.

6.1. MANÈS SPERBER IN BERLIN.
Photographie, um 1930; Jenka Sperber, Paris.
In Berlin entfaltete Sperber eine reiche pädagogische Tätigkeit: einerseits leistete er täglich mehrere Stunden psychotherapeutischer Arbeit, andererseits hielt er Kurse und Vorlesungen am Individualpsychologischen Seminar, am Sozialpolitischen Seminar der Preußischen Hochschule für Politik, an mehreren Ausbildungsstellen für Fürsorger und Heimerzieher, und war überdies psychologischer Berater an der Berliner Zentrale für Wohlfahrtspflege (unter der Leitung der Individualpsychologin Sidonie Reiss).

6.2. INSERAT FÜR DIE REIHE "KLEINE SCHRIFTEN ZUR INDIVIDUALPSYCHOLOGIE".
In: Gemeinschaft, Berlin, 1927, 1.Jg., Nr. 8/9, 15. September. ÖNB 609.955-C
Die Herausgeber der Reihe, das Ehepaar Dr. Fritz und Ruth Künkel, waren wichtige Vertreter der Individualpsychologie in Deutschland. Ruth Künkel war wie Sperber therapeutisch und beratend tätig, Fritz Künkel ergänzte in seinen theoretischen Schriften Adlers Konzepte durch religionsphilosophische Ansätze.
Künkel und Sperber nutzten ihre weltanschaulichen Differenzen zu intellektueller Zusammenarbeit im Rahmen der Berliner Gesellschaft für Individualpsychologie: sie planten ihre Vorlesungen derart, daß ihre Hörer durch die Konfrontation zu Nachdenken und Kritik angeregt wurden.

6.3. DER MARXIST.
Titelblatt und Seite 1 von: Blätter der marxistischen Arbeiterschule. 1931, 1. Jg., Nr. 1, Sommer. Deutsche Bücherei, Leipzig.

Manès Sperber hielt in Berlin Vorlesungen nicht nur an psychologischen Institutionen, sondern auch an kommunistischen Parteiinstitutionen wie der Marxistischen Arbeiterschule. Die "MASch" wurde von László Radványi, dem Mann der Schriftstellerin Anna Seghers, unter dem Namen Dr. Johann Schmidt geleitet. Vorgetragen haben dort unter anderen Wilhelm Reich, Georg Lukács, Karl August Wittfogel und Jürgen Kuczinski. Die Nachfrage nach ihren Schulungskursen war so groß, daß die MASch noch 1932 ihre Räumlichkeiten erweitern mußte.

6.4. ALICE RÜHLE-GERSTEL.

Vergrößerung einer Abbildung in: IPNL. Individual Psychology Newsletter ,1972, Vol. 21, Nr. 6, November/December, S. 109; Bernhard Handlbauer, Linz/ Salzburg.

Alice Rühle-Gerstel war über das Studium der Philosophie zur Individualpsychologie gekommen. Nach ihrer Heirat mit dem bekannten linkssozialistischen Pädagogen und Publizisten Otto Rühle arbeiteten sie und ihr Mann sowohl gemeinsam wie jeder für sich an volksbildnerischen, sozialen und emanzipatorischen Projekten. In ihrem Verlag "Am andern Ufer" gaben sie in diese Richtung zielende Schriften heraus.

Im Umkreis des Ehepaares Rühle-Gerstel entstand bereits in den Zwanzigerjahren ein Arbeitskreis, der sich dem Themenkreis Psychologie und Gesellschaft widmete, und als dessen Ergebnis sich die marxistisch-individualpsychologische Arbeitsgemeinschaft konstituierte.

6.5. FACHGRUPPE FÜR DIALEKTISCH-MATERIALISTISCHE PSYCHOLOGIE.

Außen- und Innenseiten des Umschlags zu: Krise der Psychologie - Psychologie der Krise. Berlin: Selbstverlag der Fachgruppe für dialektisch-materialistische Psychologie 1932. Jenka Sperber, Paris. (Kopie der 2. Innenseite: Manès Sperber-Archiv Hans-Rudolf Schießer, Frankfurt/ Main.)

Die Fachgruppe entwickelte sich unter maßgeblicher Beteiligung Alice Rühle-Gerstels und Manès Sperbers auf der Grundlage der bereits bestehenden Initiativen zur Verbindung individualpsychologischer und gesellschaftlicher Prinzipien in offenem Gegensatz zu Adler und seiner Distanzierung von politischer Parteinahme. Die Fachgruppe begründete ihre Haltung mit "der von der Gruppe erkannten Notwendigkeit, die Entwicklung des Menschen aus den Produktionsverhältnissen und dem Stand der Produktivkräfte selbst zu erklären".

6.6. MANÈS SPERBER: DER GEGENWÄRTIGE STAND DER PSYCHOLOGIE.

In: Krise der Psychologie - Psychologie der Krise. Berlin: Selbstverlag der Fachgruppe für dialektisch-materialistische Psychologie 1932. Jenka Sperber, Paris.

Manès Sperber liefert in seinem Beitrag eine ausführliche Auseinandersetzung mit der bisherigen wissenschaftstheoretischen Fundierung der Psychologie und begründet im Sinn des Programms der Fachgruppe die Notwendigkeit der Anwendung des Marxismus-Leninismus auch in den Humanwissenschaften.

6.7. "KRITIK DES MARXISMUS VOM STANDPUNKT DER INDIVIDUALPSYCHOLOGIE".

Vergrößerte Reproduktion der Ankündigung eines Vortragszyklus zu diesem Thema durch den Ausschuß für individualpsychologische Diskussionen. In: Mitteilungsblatt für individualpsychologische Veranstaltungen, 1933, 2. Jg., Nr. 4, März, S. 6. ÖNB 633.591-C.Per.

Referent war Otto Kaus. Das ist bemerkenswert, da Kaus stets politisch engagiert war: langjähriges Mitglied der Kommunistischen Partei, Freund Paul Levis, Anhänger der "Zweieinhalbten Internationale", und während des Nationalsozialismus bis zu seinem Tod bei einem Bombenabwurf im Untergrund tätig.

Die ab 1930 erfolgende Ausgrenzung der Marxisten aus der Individualpsychologie diente dem österreichischen Verein für Individualpsychologie 1934, seine unpolitischen Ziele wie folgt zu betonen: "Wir erlauben uns zur vollen Aufklärung der hohen Bundes-Polizeidirektion noch Folgendes festzustellen: Vor einigen Jahren bildete sich eine Gruppe, die sich "Jugendgruppe marxistischer Individualpsychologen" nannte. Diese Gruppe stand im Gegensatz zur Majorität und zur Führung unseres Vereins und wollte eine Vertretung im Vorstand unseres Vereins erhalten, was unser Vorstand im Hinblick darauf ablehnte, daß die Ziele der Individualpsychologie allgemein menschliche sind und durch einseitige Betonung irgendwelcher politischer oder wirtschaftspolitischer Gesichtspunkte, wenn auch nur von seiten einer Gruppe innerhalb des Vereins, nicht verdunkelt werden dürfen." (Zit. nach M. Skopec: Zur Geschichte des Österreichischen Vereins für Individualpsychologie, in: Zeitschrift für Individualpsychologie, 1984, 9. Jg., S. 59.)

6.A MANÈS SPERBER UM 1930.

Photographie, um 1930; Jenka Sperber, Paris.

6.B ALICE RÜHLE-GERSTEL: DER WEG ZUM WIR.
Versuch einer Verbindung von Marxismus und Individualpsychologie. Dresden: Verlag Am Anderen Ufer 1927. ÖNB 813.038-B.
Diese erste am Marxismus orientierte Publikation hat 1927 noch insoferne die Billigung Alfred Adlers gefunden, als er seine Neutralität gegenüber einer marxistischen Arbeitsgemeinschaft betonte. Das Buch und noch mehr die Persönlichkeit Alice Rühle-Gerstels beeindruckte und beeinflußte viele gesellschaftlich engagierte Psychologen. Manès Sperber schrieb viele Jahre später, 1980, die Einleitung zur Neuausgabe des Werkes. Das Vorsatzblatt des ausgestellten Exemplars trägt eine Widmung der Verfasserin an die bekannte Wiener Schriftstellerin Gina Kaus, die zu diesem Zeitpunkt mit Otto Kaus (vgl. 6.7.) verheiratet war und selbst individualpsychologisches Gedankengut in ihrer Zeitschrift "Die Mutter" verbreitete.

6.C "NEUE WEGE ZUR KRITISCHEN GESELLSCHAFTSBETRACHTUNG".
Bericht der Arbeitsgemeinschaft sozialistischer Individualpsychologen über eine Tagung in Dresden zum genannten Thema. In: Der Mensch im Alltag, Wien, 1927, 1. Jg., Nr. 4, Juni, S. 5-6. ÖNB 609.970-C
Die allgemeine Verschlechterung der wirtschaftlichen Lage veranlasste die Mitglieder der Arbeitsgemeinschaft dazu, die Individualpsychologie zur Analyse der Gesellschaft heranzuziehen: "Die Individualpsychologie ist die seelische Betrachtungsweise der Gesellschaftsordnung, ebenso wie der Marxismus (wissenschaftlicher Sozialismus) die der ökonomischen Verhältnisse", heißt es in dem Bericht. Der nächstfolgende Schritt, die Instrumentalisierung der Individualpsychologie im Dienst gesellschaftlicher Veränderungen, war dann eine logische Folge dieses Standpunkts gewesen.

7 VON BERLIN NACH JUGOSLAWIEN

"In meinen Augen war die Partei entwertet, ihre Führung subaltern im Geist und unfähig, ihre Aufgaben zu erfüllen, aber der Kommunismus blieb für mich auch weiterhin die - trotz allem - unvergiftete Quelle, aus der man den Sinn des Lebens schöpfen konnte, wie ihn sonst nur die Religion zu bieten vorgab." (Manès Sperber: Bis man mir Scherben auf die Augen legt, in: All das Vergangene. Wien, München, Zürich: Europaverlag 1983. S. 596.)

Die Erwartung vieler Kommunisten, der Machtergreifung der Nationalsozialisten im bewaffneten Kampf entgegenzutreten, erfüllte sich nicht. Im März 1933 wurde Manès Sperber verhaftet, einige Wochen später nach Interventionen der polnischen Botschaft und aus Anlaß von Hitlers Geburtstag freigelassen.
Manès Sperber hatte schon vor seiner Übersiedlung nach Zagreb freundschaftliche Beziehungen mit kroatischen Kommunisten geschlossen und zudem die Gründung einer individualpsychologischen Vereinigung mitangeregt.
Nach einem kurzen Aufenthalt in Wien ging Sperber nach Jugoslawien, wo er auch Untergrundarbeit für die Kommunistische Partei leisten sollte.
In der Zeit des Jugoslawien-Aufenthalts schloß Manès Sperber die Arbeit an einer sozialpsychologischen Arbeit ab, die erst Jahrzehnte später erscheinen konnte.
Im Januar 1934 kam in Zagreb der Sohn Vladimir Friedrich Uri zur Welt.

7.1. MANÈS SPERBER NACH DER ENTLASSUNG AUS DER HAFT IN BERLIN.
Photographie, 1933; Jenka Sperber, Paris.

7.2. POLIZEI BEWACHT DAS KARL LIEBKNECHT-HAUS IN BERLIN.
Photographie, 1933; Fotoarchiv der KPÖ/ Volksstimme, Wien.
Das Karl Liebknecht-Haus in Berlin, die Zentrale der Kommunistischen Partei, war der Schauplatz eines für die Politik der KP gegenüber dem Nationalsozialismus zentralen Ereignisses: am 22. Januar 1933 veranstalten SA und SS unter Polizeischutz einen provokatorischen Aufmarsch vor dem Karl Liebknecht-Haus. Der Verzicht der Kommunistischen Partei auf jedwede unmittelbare Reaktion wurde sowohl von Anhängern wie von Gegnern als Kapitulation aufgefaßt. Die an üblichen Manifestationen gemessen geringe Beteiligung an der erst drei Tage später stattfindenden Gegendemonstration war vermutlich eine Folge dieser Haltung.

7.3. ZAGREB: HAUPTBAHNHOF.
Photographie, um 1918; Nr. 155.633 B(R), Österreichische Nationalbibliothek, Bildarchiv, Wien.
Manès Sperber berichtet in seinen Erinnerungen von Arbeitslosen, die von der Polizei mit Schlägen aus dem Park vor dem Bahnhof vertrieben werden (*in: Manès Sperber: Bis man mir Scherben auf die Augen legt, in: All das Vergangene. Wien, München, Zürich: Europaverlag 1983, S. 597-598).*

7.4. INDIVIDUALPSYCHOLOGISCHE PUBLIKATION IN EINER KROATISCHEN PÄDAGOGISCHEN REIHE.
Notiz über das Erscheinen der Schrift von Vera Stein-Ehrlich "Individualna psihologija u skolskoj praksi". In: Mitteilungsblatt für individualpsychologische Veranstaltungen, 1933, 2. Jg., Nr. 4, Mitte März, S. 6. ÖNB 633.591-C.Per.
Vera Stein gehörte zu Sperbers engerem Freundeskreis in Zagreb, dem auch ihr Mann, der Arzt Dr. Beno Stein, angehörte, weiters der Nervenarzt Dr. Rudolf Rosner

und seine Frau Dora, der bedeutende kroatische Schriftsteller Miroslav Krleza und der Romancier und Essayist August Cesarec, der sich überdies mit Marxismus und Individualpsychologie beschäftigte.

7.5. MANÈS SPERBER: "SOZIALE CHARAKTEROLOGIE".

Typoskript zur I. Vorlesung, mit Korrekturen und Unterstreichungen mit blauer und brauner Tinte sowie schwarzem und rotem Filzstift. 18 Blatt, davon 1 - 8 Originaltyposkript, 9 - 18 Durchschläge mit blauem Durchschlagpapier. Vermutlich 1933/ 1934 mit späteren Bearbeitungen; Jenka Sperber, Paris.

Manès Sperber berichtet in seinen Erinnerungen, den Text zu dem geplanten Buch wie bei seinen Vorlesungen ohne Manuskript direkt in die Maschine diktiert zu haben. Die Arbeit wurde im Herbst 1933 in Wien begonnen und in Zagreb beendet, mit Hilfe Dora Rosners, die das Maschinschreiben besorgte. Erschienen ist der Text erst fünfundvierzig Jahre später 1978 unter dem Titel "Individuum und Gemeinschaft. Versuch einer sozialen Charakterologie". Arbeitstitel waren "Menschenkenntnis als soziale Charakterologie" bzw. "Versuch einer sozialen Charakterologie". Inhaltlich unternahm es Sperber darin, *"die sogenannte Masse individualpsychologisch aufzugliedern und sie sowohl in den gegebenen sozialökonomischen Zusammenhängen wie auch in der individuellen politischen Motivation zu erfassen"* **(in: Manès Sperber: Individuum und Gemeinschaft, Vorangestelltes Nachwort, 1978, zit. nach d. Ausgabe München, dtv, 1987, S. 12).** Nach seiner Ankunft in Paris bot Sperber 1934 über Vermittlung des Philosophen Bernhard Groethuysen das Manuskript dem renommierten Verlag Gallimard an, der es auch annahm. Allerdings ist das Buch damals nicht erschienen.

Das hier ausgestellte Typoskript enthält großteils eigenhändige Bearbeitungen aus verschiedenen Zeitpunkten. Keine davon entspricht allerdings dem Text der Ausgabe 1978.

7.6. KORCULA.

Postkarte, undatierte Photographie; Vuessammlung Nr. 160/56, Österreichische Nationalbibliothek, Kartensammlung, Wien.

Gemeinsam mit dem Zagreber Freundeskreis verbrachte Sperber den Sommer des Jahres 1933 auf der Insel.

7.7. BERICHT ÜBER DIE URHEBERSCHAFT KROATISCHER TERRORORGANISATIONEN AM ATTENTAT VON MARSEILLE.

Verkleinerte Reproduktion eines Artikels in: Pariser Tageblatt, Paris, 1934, 2. Jg., Nr. 306, 14. Oktober, S. 1; ÖNB 807.018-F

Der jugoslawische König Alexander I. wurde am 9. 10. 1934 bei einem Staatsbesuch in Marseille von Mitgliedern der kroatischen nationalistischen Terrororganisation Ustascha ermordet. Die Organisation Ustascha erhielt Unterstützung durch faschistischen Regierungen, besonders jene Ungarns, das ihr die Errichtung einer Zentrale in dem Grenzort Janka Puszta ermöglichte. Manès Sperber schildert in seinen Erinnerungen an Zagreb die Polizeikontrollen, die einem vorangegangenen Attentatsversuch gegen den König gefolgt waren, und die Behandlung verhafteter Ustaschis. *(In: Bis man mir Scherben auf die Augen legt, in: All das Vergangene. Wien, München, Zürich: Europaverlag 1983, S. 620-622.)*

8 PARIS: INSTITUT ZUM STUDIUM DES FASCHISMUS

"Mir gefiel diese Stimmung, sie erinnerte mich an die Jugendbewegung, an das Gruppenleben auf großen Wanderungen, an jene Eintracht, die die Gemüter befriedet und selbst durch Meinungsverschiedenheiten und laute Diskussionen nicht gestört wird. Ich kam mit vielen ins Gespräch; selbst jenen, denen ich zum ersten Mal begegnete, fühlte ich mich nahe wie seinerzeit den Kameraden im jüdischen Jugendverband Haschomer Hatzaïr." (Manès Sperber: Bis man mir Scherben auf die Augen legt, in: All das Vergangene. Wien, München, Zürich: Europaverlag 1983. S. 639.)

1934 übersiedelte Manès Sperber nach Paris und übernahm dort im Auftrag der Komintern die Funktion des ideologischen Leiters des INFA. Dieses Institut pour l'Etude du Fascisme war Ende 1933 von einer Gruppe deutscher Kommunisten unter Peter Merin (einer der Parteinamen des jugoslawischen Kunsthistorikers Oto Bihalj-Merin) gegründet worden. Es wurde aus Spenden hauptsächlich der französischen Gewerkschaften und französischer Intellektueller finanziert, die auch mit repräsentativen Namen im Kuratorium vertreten waren. Manès Sperber übernahm im Auftrag der Komintern die Funktion des ideologischen Leiters des Instituts.

8.1. MANÈS SPERBER IN CAGNES-SUR-MER.
Photographie, um 1941; Jenka Sperber, Paris.

8.2. OTO BIHALJ-MERIN, damals PETER MERIN.
In: Verleihung des Gottfried-von-Herder-Preises 1964 ... Hamburg: Stiftung F.V.S., 1964, S. 11.

Bihalj-Merin war als Otto Biha in Berlin maßgeblich an der antibürgerlichen Orientierung im Bund proletarisch-revolutionärer Schriftsteller beteiligt und Redakteur der Zeitschrift "Die Linkskurve" gewesen.

8.3. BERICHT ÜBER DIE GRÜNDUNG DES INFA.
"Ein Institut zum Studium des Faschismus". Bericht in: Der Schriftsteller, 1934, Nr. 3, August, S. 6; Deutsche Bibliothek, Deutsches Exilarchiv; Frankfurt/ Main.
Der Artikel nennt das Ziel des INFA, "Entwicklung, Wesen und gesellschaftliche Wirkung des Fascismus in seinen verschiedenen nationalen Spielarten wissenschaftlich zu verfolgen und aufzuzeigen".
In dieser Zielsetzung liegt auch bereits der erste Vortrag den Manès Sperber in Paris hielt: zur Situation in Deutschland nach der Liquidierung der für Hitler unbequem gewordenen Führung der SA um Hauptmann Röhm.

8.4. WERBEZETTEL DES INFA.
Nachlaß Karl Korsch, Internationales Institut für Sozialgeschichte, Amsterdam.
Der Werbezettel enthält neben der auszufüllenden Beitrittserklärung das Programm des INFA und die Namen der Mitglieder des Kuratoriums. (Die meisten von ihnen gehörten den Förderer- und Ehrenkomitees fast aller in Paris angesiedelten antifaschistischen Initiativen an.)

8.5. SCHRIFTENREIHE DES INSTITUT ZUM STUDIUM DES FASCHISMUS: BAND 1. S. ERCKNER: EXERZIERPLATZ DEUTSCHLAND.
Paris: Ed. Bernard Rosner 1934. Deutsche Bibliothek, Deutsches Exilarchiv; Frankfurt/ Main.
S. Erckner ist ein Pseudonym für den Autor (ein früheres Mitglied des deutschen Generalstabs) dieses

Bandes und eines 1936 erschienenen weiteren Buches zur Aufdeckung der deutschen Kriegsvorbereitungen.

8.6. ARTHUR KOESTLER.

Undatierte Photographie; NB 515.611 BrF, Österreichische Nationalbibliothek, Bildarchiv, Wien.

Manès Sperber hatte Arthur Koestler in Berlin noch vor dessen Beitritt zur Kommunistischen Partei kennengelernt. Am INFA arbeiteten sie etwa ein Jahr zusammen, doch kam es erst nach beider Bruch mit der KP zu einer engen persönlichen Freundschaft.

Arthur Koestler widmet seiner Tätigkeit am INFA eine - aus kritischer Distanz zur Parteitätigkeit geschriebene - Schilderung der Atmosphäre, der beteiligten Personen und der politischen Eingriffe in die Arbeit des Instituts *(in: Arthur Koestler: Die Geheimschrift. Bericht eines Lebens. 1932 bis 1940. Wien, München, Basel: Desch 1955, S. 253-273)* . Mit einer Änderung der politischen Linie mag es auch zusammenhängen, daß Walter Benjamin seinen für das INFA geplanten und in Auseinandersetzung mit Brecht konzipierten Vortrag "Der Autor als Produzent" dort nicht gehalten hat.

8.7. VERSCHIEBUNG DER "INTERNATIONALEN AUSSTELLUNG UEBER DEN FASCHISMUS".

Notiz in: Pariser Tageblatt, 1935, 3. Jg., Nr. 442, 27. Februar, S. 3.

Einer der wichtigsten Punkte im Programm des INFA war die Herstellung einer großen Ausstellung über den Faschismus. Vermutlich kam es über diesem finanziell sehr aufwendigen Projekt zu den von Koestler beschriebenen inhaltlichen Kontroversen und zu teilweiser Auswechslung der Mitarbeiter. Sperber übernahm die Gestaltung der Ausstellung, die in einer sparsameren Ausführung als geplant von Anfang März bis Anfang April 1935 gezeigt wurde.

8.8. FÜHRUNG DURCH DIE "INTERNATIONALE AUSSTELLUNG ÜBER DEN FASCHISMUS".

Ankündigung einer Veranstaltung des "Deutschen Klubs", in: Pariser Tageblatt, Paris, 1935, 3. Jg., Nr. 472, 29. März, S. 3.

Für die Ausstellung waren repräsentative Räume in der Galerie de La Boëtie gemietet worden, die auch einer großen Zahl von Besuchern Platz boten.

8.9. AUTORENABEND DES SCHUTZVERBANDES DEUTSCHER SCHRIFTSTELLER IN DER AUSSTELLUNG ÜBER DEN FASCHISMUS.

Vermerk in: Fuenf Jahre SDS in Paris. Eine Chronik. In: Der deutsche Schriftsteller. Zeitschrift des Schutzverbandes Deutscher Schriftsteller. Sonderheft zum Jubiläum des SDS. Paris, November 1938, S. 30. Deutsche Bibliothek, Deutsches Exil-Archiv, Frankfurt/ Main.

An diesem Abend des 31. März 1935 lasen Alfred Kerr, Rudolf Leonhard, Gustav Regler, Paul Westheim und Alfred Kantorowicz.

9 PARIS: KOMMUNISTISCHE UND ANTI-FASCHISTISCHE TÄTIGKEIT

"Niemals, seit die Losungsworte: Freiheit, Gleichheit, Brüderlichkeit die Schritte von Aufständischen gelenkt hatten - niemals hatte man sich der Brüderlichkeit so nahe gefühlt wie in den Maitagen 1936. (...) Ja, es sah nach einer Versöhnung aus, der Versöhnung aller, die guten Willens waren. Und das geschah mitten in der Zeit der Verachtung, da man nur mit Mühe den Klang des wütenden Gebells und der höhnischen Drohungen vergessen konnte, die aus Deutschland herüberschallten." (Manès Sperber: Bis man mir Scherben auf die Augen legt, in: All das Vergangene. Wien, München, Zürich: Europaverlag 1983. S. 717-718.)

"Nach dem Ende des INFA arbeitete Manès Sperber im Auftrag der Komintern als Berater in dem (der kommunistischen Jugendinternationale nahestehenden) Weltjugendkomitee gegen Krieg und Faschismus, einer Sektion des von Heinrich Mann, Paul Langevin (der bereits im INFA-Komitee vertreten war), Francis Jourdain und Sir Norman Angell präsidierten Weltkomitees gegen Krieg und Faschismus.
Er gehörte der kommunistischen Fraktion im Schutzverband deutscher Schriftsteller an, wo er sowohl rein literarische wie antifaschistische Vorträge hielt. Weitere kommunistische Mitglieder waren dort u. a. Egon Erwin Kisch, Anna Seghers, Gustav Regler, Bodo Uhse, Alfred Kantorowicz, Arthur Koestler, Max Schroeder. Gustav Regler gibt eine lebhafte Beschreibung der Verhaltensweisen der Fraktionsmitglieder gegenüber parteioffiziellen Richtlinien: "Die Seghers gehorchte gegen ihre nicht unbeträchtliche Intelligenz. Ludwig Renn setze seine Offizierslaufbahn in diesen Kaschem-

men fort. Kurt Stern schwieg verachtend. Koestler erschien selten, liebte "den Verein", war immmer ein Fremder, der sich nur zugelassen fühlte, Manès Sperber erledigte die Bedenken, indem er die Diskussion einfach auf eine höhere Ebene riß ...". (Gustav Regler: Das Ohr des Malchus. Eine Lebensgeschichte. Köln, Berlin: Kiepenheuer & Witsch 1958. S. 228.)
Manès Sperber hielt wieder, wie in Berlin, Kurse an der Nachfolge-Institution der MASch ab. Bei der Gründungsveranstaltung der Freien Deutschen Hochschule im November 1935 hielt er neben Bodo Uhse , (George) Wolfgang Hallgarten und Georg Bernhard eines der Eröffnungsreferate.
In die Jahre 1935-1937 fallen die Auseinandersetzungen um die Politik der "Volksfront", d.h. eines breiten Bündnisses von einander sonst bekämpfenden politischen Parteien und Bewegungen (im wesentlichen die Sozialistische und die Kommunistische Partei) gegen den Faschismus und Nationalsozialismus. Am 7. Weltkongreß der Komintern im Juli/ August 1935 wurde die "Volksfront" zur neuen offiziellen Linie der kommunistischen Politik ausgerufen.
Die Moskauer politischen Prozesse störten sehr bald die Einmütigkeit, doch blieben die kritischen Stimmen anfangs isoliert, da viele Menschen die Sowjetunion als Verbündeten im Kampf gegen Hitler schonen wollte. Sperber gibt sich im Rückblick Rechenschaft: "*Wie konnte ich so lange, bis 1937, dabeibleiben - ich, der nicht glaubte und bereits recht früh das Wesentliche der Vorgänge erraten hatte, durch welche die Prozesse ermöglicht wurden ?*
Ich blieb dabei, weil mir die Volksfrontpolitik als Strategie des Antifaschismus schon lange vorher als die einzig richtige erschienen war." (Manès Sperber: Bis

man mir Scherben auf die Augen legt, in: All das Vergangene. Wien, München, Zürich: Europaverlag 1983. S. 711.)

9.1. MANÈS SPERBER MIT ANDRE MALRAUX.
Photographie, Roquebrune (Cap d'Ail), 1942; Jenka Sperber, Paris.
Sperbers Bekanntschaft mit André Malraux begann 1934 mit den durch Bernhard Groethuysen vermittelten Kontakten zum Verlag Gallimard. Sie wurde, nicht zuletzt dank der (anfangs notwendigen) Dolmetschtätigkeit von Malraux' damaliger Frau Clara, rasch zur Freundschaft.
Malraux war zu dieser Zeit "der Saint-Just des Antifaschismus" (Sperber), eine Orientierungsgestalt für die jungen Intellektuellen. Er prägte auch den von Sperber aufgegriffenen Begriff "Zeit der Verachtung" für die Jahre vor dem Ausbruch des Zweiten Weltkriegs.

9.2. ERSTER INTERNATIONALER SCHRIFTSTELLERKONGRESS ZUR VERTEIDIGUNG DER KULTUR.
Bericht mit gezeichnetem Porträt André Gides, in: Der Gegen-Angriff, Prag-Paris, 1935, 3. Jg., Nr. 26, 29. Juni , S. 4. ÖNB 1,219.500-D (Reprint)
Der Kongreß war als Demonstration gegen die Unterdrückung der Kultur im nationalsozialistischen Deutschland gedacht. Er fand vom 21. bis 25. Juni 1935 bei Teilnahme von 250 Schriftstellern aus 37 Ländern statt. Die einleitenden Worte sprach André Gide. Die Vorbereitung des Kongresses fand unter maßgeblicher Beteiligung kommunistischer Personen und Gruppen statt, die damit allerdings einem auch in nichtkommunistischen Kreisen weitverbreiteten Bedürfnis nach antifaschistischen Aktionen entgegenkamen. Folgerich-

tig wird auf dem Kongreß die Forderung nach Aktionseinheit gegen den Faschismus erhoben. Die Schriftsteller bildeten damit die Vorhut einer europaweiten Bewegung: im Juli 1935 wird die politische Volksfront in Frankreich entstehen, und im August dieses Jahres die Kommunistische Internationale offiziell auf Volksfrontkurs schwenken.

9.3. ANNA SEGHERS.

Photographie, Mexico City, um 1940; Deutsche Bücherei, Leipzig.

Anna Seghers spielte für die kommunistische kulturelle Emigration in Paris eine zentrale Rolle: als anerkannte Buchautorin, durch ihre anziehende Persönlichkeit und durch ihre Parteidisziplin. Manès Sperber berichtet in seinen Erinnerungen sehr anschaulich wie anziehend zunächst und letztlich enttäuschend diese Eigenschaften auf ihn wirkten.

Anna Seghers war auch im Rahmen des Schutzverbandes deutscher Schriftsteller aktiv. Am 21. Oktober 1935 hielt Sperber einen Autorenabend über Anna Seghers; den Tolstoi-Abend am 27. April 1936 bestritten sie beide gemeinsam mit Michael Smilg-Benario.

9.4. PLENARKONFERENZ GEGEN KRIEG UND FASCHISMUS.

Kurzbericht in: Der Gegenangriff, Prag-Paris, 1935, 3. Jg., Nr. 48, 30. November, S. 8. ÖNB 1,219.500-D (Reprint).

Das Weltkomitee gegen Krieg und Faschismus entwickelte sich parallel zur Entstehung der Volksfront immer mehr zu einer lagerübergreifenden Initiative. (Einzig die Sozialdemokratischen Verbände waren in diesen von Kommunisten organisierten Komitees nicht vertreten.) Seinen Mitarbeitern konnte das Weltjugendkomitee zu Recht als Forum zum Einsatz für eine bessere friedlichere Welt gelten, welche subjektiven Empfindungen auch Sperber in den Erinnerungen an seine eigene Mitarbeit bestätigt.

9.5. ANDRE GIDE: RETOUR DE L´URSS.
Paris: Gallimard 1936. ÖNB 755.338-B
Wie viele Intellektuelle Europas hatte Gide in dieesn Jahren.große Hoffnungen auf den Kommunismus gesetzt, einerseits in der Auseinandersetzung mit dem Faschismus, andererseits generell zur Aufhebung sozialer Mißstände. 1936 unternahm er eine Reise in die Sowjetunion, von der er unter dem Eindruck der ersten politischen Prozesse einen zwar nicht unfreundlichen, aber doch sehr kritischen Bericht schrieb. Dieses Buch, "Retour de l´URSS", löste heftige Auseinandersetzungen und Polarisierungen aus. Die Kommunisten empfanden das Buch als Verrat, die rechtsstehenden Zeitungen nahmen es als Absage an den Kommunismus. Die folgenden Polemiken spiegeln den Zerfall der "Volksfront-Bewegung" unter den Kulturschaffenden in Paris, die bereits durch das Scheitern der französischen Volksfront-Regierung an Elan verloren hatte.

9.6. ANDRE GIDE: RETOUCHES A MON RETOUR DE L´URSS.
Paris: Gallimard 1937. ÖNB 654.189-B
Das Interesse an Gides "Retour" war sehr groß: in weniger als einem Jahr erreichte die Broschüre eine Auflage von 150.000 Stück, was die Heftigkeit der publizistischen Stellungnahmen teilweise erklärt. Die Schärfe und Intensität dieser Auseinandersetzungen um seine Broschüre, der Mangel an Fairness bewogen Gide, eine zweite Broschüre zu schreiben, in der er die

strittigen Punkte präzisiert, sie im Licht der erfahrenen Intoleranz auch dem Kommunismus gegenüber kritischer faßt.

9.7. DISKUSSION ÜBER GIDE IM PARISER SDS.
Bericht in: Deutsche Volkszeitung, Prag, 1937, Nr. 10, 7. März, S. 4; Deutsche Bibliothek, Deutsches Exil-Archiv, Frankfurt/M.
Im Auftrag der Komintern übernahm Manès Sperber die prosowjetisch agierende Betreuung einer Diskussion über Gides Buch im Rahmen des Schutzverbandes deutscher Schriftsteller, Sperber

9.A JENKA SIWZON UM 1936.
Undatierte Photographie; Jenka Sperber, Paris.
Das Photo zeigt Jenka Siwzon, Sperbers spätere zweite Frau, etwa zu der Zeit, als sie Manès Sperber kennenlernte. Er widmet ihr in seinen Memoiren die folgenden, für ihre Rolle in seinem Leben aufschlußreichen Worte: *"Als in den Jahren, die nachher kamen, das Leben zur Bürde wurde, trug Jenka mit ihrer unangreifbaren Lebensfreude weit mehr als ihren Teil mit Mut und Gleichmut. Sonst abgeneigt, dem, was man Glück und Pech nennt, eine nennenswerte Rolle zuzubilligen, weiß ich, daß ich mit Jenka Glück gehabt habe - von Anfang an." Manès Sperber: Bis man mir Scherben auf die Augen legt, in: All das Vergangene. Wien, München, Zürich: Europaverlag 1983. S. 718-719.)*

10 DIE ZUKUNFT

"Daher suchte ich, für mich und für jene, die mich hören wollten, klarzustellen, wie es mit jener Diktatur bestellt war, die zum Unterschied von der herkömmlichen Despotie die Massen tatsächlich mobilisiert, dank ihnen zur Herrschaft gelangt, um dann die totale, totalitäre Herrschaft über Leib und Seele auszuüben. (...)
*Nein, ich fühlte mich danach nicht befreit, und ich erwartete nicht den geringsten Erfolg für den Fall, daß diese Schrift überhaupt je veröffentlicht werden sollte. Dennoch war jener Oktobertag 1937, an dem ich den Essay beendete, der Ansatz zu einem neuen Beginnen, denn ich hatte mein Schweigen gebrochen." **(Manès Sperber: Bis man mir Scherben auf die Augen legt, in: All das Vergangene. Wien, München, Zürich: Europaverlag 1983. S. 745-746.)***

Nach dem Bruch mit der Kommunistischen Partei verließ Sperber Paris zu längeren Aufenthalten in Wien und Jugoslawien. In Wien schrieb er den Essay "Zur Analyse der Tyrannis", eine Verhaltensstudie über Diktatoren und ihre Anhänger. Er erwog, sich als Individualpsychologe, eventuell auch als Schriftsteller, in Wien niederzulassen. Dem stand allerdings die Unsicherheit der von Deutschland bedrohten Zukunft Österreichs entgegen. Der Aufforderung Jenka Siwzons folgend kehrte er schließlich Ende 1937 nach Paris zurück.
In Paris lebte Sperber von schriftstellerischen Gelegenheitsarbeiten, bis Willi Münzenberg ihm anbot, an seiner anspruchsvollen neuen Wochenzeitung "Die Zukunft" mitzuarbeiten. Die in dieser Zeitschrift veröf-

fentlichten Artikel zeichnete er mit Pseudonym, häufig mit Jan Heger (dem Familiennamen seiner Mutter).

10.1. MANÈS SPERBER BEI ANDRE MALRAUX.
Photographie, Roquebrune (Cap d'Ail), 1942; Jenka Sperber, Paris.
Diese Aufnahme wurde zugleich mit 9.1. anläßlich eines Besuchs in der von André Malraux gemieteten Villa gemacht.

10.2. MANÈS SPERBER: ZUR ANALYSE DER TYRANNIS.
Und: Das Unglück, begabt zu sein. Zwei sozialpsychologische Essays. Paris: Verlag Science et Littérature 1938. (Schriften zu dieser Zeit. 2.3.); Jenka Sperber, Paris.
Die Tyrannis, um die es in Sperbers Essay geht, wird nicht bei Namen genannt, doch war für jedermann verständlich, daß die beiden totalitären Regime des Nationalsozialismus und des Stalinismus gemeint waren. Der zukünftige Leser des Essays sollte "*die eine wie die andere Diktatur hinter ihrer ideologischen Maskierung identifizieren und sodann deutlich genug durchschauen (...), was sie konstitutiv gemein hatten*". Der Essay ist nicht vom Standpunkt der Massenpsychologie her geschrieben, sondern Sperber hat "*es im Gegenteil unternommen, die Masse oder Menge selbst individualpsychologisch aufzugliedern und sie in den gegebenen sozialökonomischen Zusammenhängen, in ihren politischen Reaktionen zu erforschen*".
Ein wiener Verlag hat den Essay in seine Produktion aufgenommen, doch konnte er nach der Besetzung Österreichs nicht mehr erscheinen. Die in Paris gedruckte Auflage wurde von der Gestapo vernichtet.

Jenka Sperber hat "Die Analyse der Tyrannis" jüngst zusammen mit Sperbers Beiträgen für die "Zukunft" neu herausgegeben.

10.3. WILLI MÜNZENBERG.

Reproduktion nach einer undatierten Photographie; Pf 43.092: B(1) A(Br) 6-7, Österreichische Nationalbibliothek, Porträtsammlung und Bildarchiv, Wien.

Willi Münzenberg war im Pariser Exil 1933 sofort wieder an den Aufbau leistungsfähiger Organisationen im Dienste der Kommunistischen Partei geschritten. Er baute den Verlag Editions du Carrefour zum produktivsten Exil-Verlag aus und schuf das Hilfskomitee für die Opfer des Faschismus als vielfältig einsetzbare Massenorganisation (er war z. B. maßgeblich an der Organisation des Schriftstellerkongresses von 1935 beteiligt)..

Nach seinem Bruch mit der Partei sammelte er eine Gruppe oppositioneller Kommunisten und Sozialisten als "Freunde der sozialistischen Einheit Deutschlands", um sich, die eng mit dem "Arbeitssausschuß Deutscher Sozialisten" und den "Revolutionären Sozialisten Österreichs" zusammenarbeiteten. Zur besseren Verbreitung dieser Ideen adaptierte er nochmals einen Verlag, Edition Sébastian Brant , der politische Schriften aus dem Kreis um die "Freunde der Zukunft" herausgab.

10.4. "DIE ZUKUNFT".

Ein neues Deutschland: Ein neues Europa ! Organ der Deutsch-Französischen Union. Journal anti-hitlérien. Hrsg. Willi Münzenberg. Paris, 1938, Nr. 1, 12. 10. S. 1; Deutsche Bibliothek, Deutsches Exil-Archiv, Frankfurt/ Main.

Die Zeitschrift erschien vom 12. Oktober 1938 bis zum Mai 1940. Chefredakteur war zunächst Arthur Koestler, weitere Mitarbeiter Manès Sperber, Richard Loewenthal. Julius Steinberg , Werner Thormann und Ludwig Marcuse. Die Zeitschrift war als Tribüne für die nichtkommunistische deutsche Opposition gedacht, mit der Absicht, ein Programm für Deutschlands Zukunft nach dem Ende des Nationalsozialismus zu entwickeln Eine sehr breite Palette von Autoren haben daran mitgewirkt.
Der Union Franco-Allemande gehörte auch der Dramatiker Jean Giraudoux an, der noch 1945 Münzenbergs Artikel aus der Zukunft über den ihm unterstehenden Deutschlandsender verbreiten ließ.

10.5. UNTERZEICHNUNG DES DEUTSCH-SOWJETISCHEN NICHT-ANGRIFFSPAKTS.
23. August 1939. Photographie, in einem Album; Pk 3306 1-41 Österreichische Nationalbibliothek, Bildarchiv, Wien.
Der sogenannte "Hitler-Stalin-Pakt"mit seiner totalen Umkehrung der bisherigen antifaschistischen Politik hat viele Menschen als Verrat an der gemeinsamen antifaschistischen Sache verstört. Willi Münzenberg, der bis zu diesem Zeitpunkt öffentliche Angriffe auf die Sowjetunion vermieden hatte, schrieb in der Zukunft vom 28.8. 1939 über den "Russischen Dolchstoß", und veröffentlichte zahlreiche Protestbriefe gegen den Pakt.

10.6. JAN HEGER (=MANÈS SPERBER): DAS BÜNDNIS.

Teil 2. In: Die Zukunft, Paris, Herbst 1939; Kopie, Manès Sperber-Archiv Hans-Rudolf Schießer, Frankfurt/ M.

Manès Sperber faßt den Eindruck, den der Pakt damals auf ihn und Gleichgesinnte machte, lapidar zusammen: *"Stalins Verrat am Antifaschismus befreite mich und viele andere endgültig von der letzten Hypothek, die uns noch an den verrotteten Kommunismus gebunden hatte.".(Manès Sperber: Bis man mir Scherben auf die Augen legt, in: All das Vergangene. Wien, München, Zürich: Europaverlag 1983. S. 798.)* In seinen Artikeln macht Sperber deutlich, welche realpolitischen Gründe Hitler und Stalin jeweils hatten, ihre Ideologien beiseitezuschieben. Auch die Folgen legt Manès Sperber in dem Artikel klar: die Unvermeidbarkeit des Krieges.

10.7. JAN HEGER (=MANÈS SPERBER): DREI FRAGEN - DREI ANTWORTEN.

In: Deutsche Arbeiterbriefe, 3., Beilage zur Zukunft. Kopie, Manès Sperber-Archiv Hans-Rudolf Schießer, Frankfurt/ M.

Auf Wunsch Willi Münzenbergs entwarf Sperber ein Programm mit stark basisdemokratischer Tendenz für eine reformierte deutsche Einheitspartei der Arbeiterklasse in gleicher Distanz zur Zweiten wie zur Dritten Internationale. Der Artikel endet mit einem Aufruf zur Einigkeit der (nichtkommunistischen) Linken.

10.A. MANÈS SPERBER: MANUSKRIPT ZU "ENDE UND ANFANG".

Autograph, Tinte auf kariertem Papier, 1939; Jenka Sperber, Paris.

Dieser bei Kriegsausbruch geschriebene Beitrag faßt noch einmal die wesentlichen Aussagen der letzten Jahre über die verhängnisvolle Politik der Kommunistischen Partei zusammen. Darüberhinaus stellt er die Notwendigkeit einer rechtzeitigen Ablösung des Nationalsozialismus in Deutschland dar: "*Wenn ihr sehr bald dem Krieg ein Ende macht, das heißt, die Nazis zum Teufel jagt und euch zu möglichen Partnern von Friedensverhandlungen macht, dann werdet ihr Deutschland vor der Vernichtung gerettet haben. Dann wird es möglich sein, die im Moment noch gültige Unterscheidung zwischen Volk und Tyrannei zu praktizieren.*"

11 SÜDFRANZÖSISCHES EXIL UND FLUCHT IN DIE SCHWEIZ

"Die Emigration ist, ich sagte es schon, ebenso wie ein Kriegszustand, jenen unbesonnten Ferien ähnlich, die sich trostlos verlängern, weil das einzige Schulhaus abgebrannt ist oder eine gefährliche Epidemie den Alltag durchbrochen hat, so daß die gewohnten Pflichten aufgehoben und die Regeln im Verkehr der Menschen verändert sind."(Manès Sperber: Bis man mir Scherben auf die Augen legt, in: All das Vergangene. Wien, München, Zürich: Europaverlag 1983. S.. 713.)

Nach Ausbruch des Krieges meldete sich Sperber zur französischen Fremdenlegion. Ohne eingesetzt worden zu sein, demobilisierte seine Einheit nach zehn Monaten im August 1940 nach dem Waffenstillstand zwischen Deutschland und Frankreich. Wie die meisten anderen Emigranten suchte Sperber im "freien" Teil Frankreichs Zuflucht vor der deutschen Besatzungsmacht.
Die Kooperation der "Vichy-Regierung" mit der Gestapo, die Sperber als Kommunisten auf ihrer Suchliste führte, zwang ihn nach zwei Jahren schließlich zur Flucht in die Schweiz.
In der Schweiz wurde er infolge der restriktiven Flüchtlingspolitik wie nahezu alle männlichen Flüchtlinge getrennt von seiner Familie unter sehr einschränkenden Bedingungen in einem Arbeitslager festgehalten.; erst nach einem Spitalsaufenthalt erhielt er die Erlaubnis, außerhalb des Lagers zu leben.
Mehr noch als diese äußeren Umstände jedoch überschattete das Wissen, die "unfaßbare Gewißheit" um die im Deutschen Reich verübten Judenmorde die

Jahre in der Schweiz. Hatte er ursprünglich geplant, sich so rasch wie möglich am Wiederaufbau Deutschlands zu beteiligen, war es ihm von da an unmöglich, in diesem Land zu leben. 1945 kehrte er mit Jenka und Dan als Repatriierter nach Paris zurück.

11.1. MANÈS SPERBER IN DER FRANZÖSISCHEN FREMDENLEGION.
Photographie, um 1939-40; Jenka Sperber, Paris.
Manès Sperber meldete sich bei der Französischen Fremdenlegion. Er rückte im Dezember 1939 zu einer Infanterie-Kompanie ausländischer Freiwilliger ein.

11.2. DEMOBILISIERUNGSBESTÄTIGUNG.
Urkunde, ausgestellt am 15. 8. 1940; Jenka Sperber, Paris.

11.3. CAGNES-SUR-MER.
Postkarte; Vuessammlung Österreichische Nationalbibliothek, Kartensammlung, Wien.
In der Oberstadt von Cagnes lebten zum Zeitpunkt von Sperbers Eintreffen bereits zahlreiche deutsche Emigranten. Viele von ihnen waren künstlerisch tätig, bildende oder darstellende Künstler wie der Maler Geer van Velde, der Photograph Willy Maywald, die Schauspielerin Maria Fein.

11.4.-5. CAHIER Nr. 1; MANUSKRIPT DER ERSTEN FASSUNG DES ROMANS "DER VERBRANNTE DORNBUSCH".
Umschlag und Seite 1 des Manuskripts. Autograph, in Schulheft, um 1940; Jenka Sperber, Paris.
Die Aufnahme der Arbeit an dem Manuskript, das als "Der verbrannte Dornbusch" veröffentlicht werden

sollte, diente nicht zuletzt der psychischen Stabilisierung in der gefahrvollen Lage. Als sich Sperber dann in der Schweiz in Sicherheit bringen muß, übernimmt Roger Martin du Gard die Manuskripte zur Aufbewahrung.

11.6. JENKA, MANÈS UND DAN SPERBER.
Photographie, 1942; Jenka Sperber, Paris.
Am 20. Juni 1942 wird Manès Sperbers jüngerer Sohn Dan geboren. Drei Monate später mußte die ganze Familie über die Grenze in die Schweiz flüchten.

11.7. AUS DEM LAGER GESCHMUGGELTER BRIEF
Vergrößerte Reproduktion des Briefes. Autograph; Jenka Sperber, Paris.
Die Lagerinsassen verfügten über nahezu keine der bürgerlichen Freiheiten. Die Post wurde zensuriert, und generell beschränkt: "Jeder Internierte kann in der Woche einen Brief und eine Karte schreiben. Bemerkungen über das Lager sind nicht erlaubt." Dies war einer der Gründe, weshalb Manès Sperber seine Briefe an Jenka aus dem Lager herausschmuggeln mußte. Ein weiterer Grund war das Bemühen um Schutz des Privatlebens, der eigenen Würde. Dazu bemerkt Sperber später: *"Die Leute bekommen die Briefe geöffnet, sehr wahrscheinlich gelesen. Man liest sie da anders. Man denkt: Etwas vom Schmelz der Zärtlichkeit, der nur mir gehört, ist abhanden gekommen. Jemand hat ihn abgegriffen. Und er hat nichts davon. Es ist traurig wie alles Sinnlose, wie alle sinnlose Zerstörung..."*. Der ausgestellte Bericht handelt vom *"Tod des berühmten Sängers"* Joseph Schmidt, der von der Lagerleitung durch Unterlassung ausreichender ärztlicher Behandlung fahrlässig

herbeigeführt worden war. Ein zweiter Punkt ist es daher, von der Stimmung im Schlafsaal zu erzählen: *"Gut sind nur die Nächte mit der Einsamkeit des Wachenden inmitten von 120 Schlafenden, Schnarchenden, von Träumen - häufig Schreckträumen - seltsam bedrängten. Die meisten haben ihre Eltern, viele ihre Frauen und Kinder in Polen; sie sind seit Monaten ohne Nachricht. Am Tage spielen sie Karten, brüllen, reden endlos; im Schlaf überfällt sie die Erinnerung an ihr Schicksal, das wie aus Alpträumen geformt ist. Ich liege da und lausche, da mich ihr Gestöhn zwingt, sie zu hören"* Es ist gut vorstellbar, daß die bedrückenden Umstände des Lebens im Lager einer pessimistischen Betrachtung der Zukunft wesentlich Vorschub leisteten: Robert Jungk berichtet, daß Sperber damals, auf das Thema des Neubeginns nach dem Krieg angesprochen, nur gesagt habe: "es wird keine neue Zeit geben, die Menschen sind viel zu müde". (Mündl. Mitteilung von Robert Jungk). Andererseits hatte er Kontakte zu der sozialistischen Gruppe um Ruth und Dr. Walter Fabian, die Informationsblätter "Zur Selbstverständigung" herausgaben.

11.8. ADOLF MAURER.

Photographie; Schweizerische Landesbibliothek, Bern.

Im Gegensatz zur restriktiven Haltung ihrer Behörden waren zahlreiche Schweizer bereit, den Flüchtlingen zu helfen und sich für sie einzuetzen. Der Druck der öffentlichen Meinung milderte in einzelnen Fällen besonders harte amtliche Richtlinien ab. Der Zürcher evangelische Pfarrer Adolf Maurer, Dichter und Herausgeber eines Literaturkalenders, nahm Manès Sperber für ein Jahr in seinem Haus auf.

11.A. MARIA FEIN, MARIA BECKER UND MILO SPERBER SPIELEN JEAN COCTEAU: DIE HÖLLENMASCHINE.

Programm der Aufführung Wien, Podium im Hagenbund, 1937; Privatbesitz, Wien.

In Zürich bildete sich der Wiener Kreis um Maria Fein neu im Haushalt ihrer Tochter Maria Becker. Manès Sperber bewunderte Maria Fein: ihrethalben plante er später ein Sokrates-Drama, mit der Rolle einer klugen Xanthippe. Die Aufführung der "Höllenmaschine" in Wien hatte sie bereits in einem aktualisierten antiken Stoff gezeigt, eine Aufführung, die Sperber offenbar sehr beeindruckte. ***(In: Manès Sperber: Bis man mir Scherben auf die Augen legt, in: All das Vergangene. Wien, München, Zürich: Europaverlag 1983. S. 865-866 .)***

12 KULTURPOLITISCHE TÄTIGKEIT NACH 1945

"Dieses Gefühl der Übereinstimmung brauchte ich stets dringend, besonders aber seit meinem Bruch mit dem Kommunismus. Dennoch bin ich nach wie vor unfähig geblieben, eine Überzeugung aufzugeben oder zu verschweigen, selbst wenn sie diese Eintracht stören könnte. Jeder bestimmt aus eigener Machtvollkommenheit den Preis, den er für das Leben zahlen oder verweigern darf; jeder bestimmt ebenso das Sacrificium intellectus, das er für die Erhaltung der so wertvollen Eintracht mit seinen Freunden bringen darf. Der Einklang des einzelnen mit sich selbst bestimmt seine Echtheit; wer aber auf diese verzichtet, entwertet nicht nur sich selbst, sondern alle Freundschaft." ***(Manès Sperber: Bis man mir Scherben auf die Augen legt, in: All das Vergangene. Wien, München, Zürich: Europaverlag 1983. S. 895-896.)***

Nach dem Ende des Zweiten Weltkriegs beteiligte sich Manès Sperber an den von André Malraux und Raymond Aron im Rahmen des Informationsministeriums initiierten Projekten, die alle eine umfassende kulturelle Versorgung der Massen der Bevölkerung zum Ziel hatten.

Der französische Informationsminister war auch für die Medien der von Frankreich in Deutschland und Österreich besetzten Zonen zuständig. Sperber wirkte bis 1948 als Berater im Rahmen des Französischen Generalkommissariats für die besetzten Gebiete.

Der Sieg über den Nationalsozialismus war zwar errungen worden, doch war, so empfanden Sperber und seine Freunde, der Kampf noch nicht zu Ende: "*...es gab ein anderes, mächtigeres, totalitäres Regime, das* *sich anschickte, die Länder, um deren Befreiung man gekämpft hatte, rasch in unterjochte Satelliten zu verwandeln."(Manès Sperber: Bis man mir Scherben auf die Augen legt, in: All das Vergangene. Wien, München, Zürich: Europaverlag 1983. S. 895-896.)*

Der "Kongreß für kulturelle Freiheit" verstand sich als einen "auf vielfältige private Initiativen in Europa und Amerika zurückgehenden spontanen Ausdruck einer gemeinsamen Sorge" internationaler Intellektueller gegenüber einer Bedrohung der geistigen Freiheit durch die kommunistische Politik. Als sich später herausstellte, daß der "Kongreß" mit Geldern des CIA, des Geheimdienstes der Vereinigten Staaten, über Deckadressen finanziert worden war, schrieb Raymond Aron, der eines der führenden Mitglieder gewesen war: "Zwei Fragen stellen sich uns, Denis de Rougemont, Manès Sperber, Pierre Emmanuel und allen anderen, die irgendwie im Rahmen des Kongresses gearbeitet haben: hätten wir das wissen, oder zumindest ahnen, müssen ? Hätten wir den Ursprung des Geldes gekannt, hätten wir dann unsere Mitarbeit verweigert ?" Er kommt zu dem Ergebnis, daß er vermutlich nicht mitgearbeitet hätte, daß das "Wissen um die Lüge" ihn im Rückblick belaste, obwohl er in der Äußerung seiner Meinung völlig unbeeinflußt gelassen worden sei. (In: Raymond Aron: Mémoires. 50 ans de réflexion politique. Paris: Julliard 1983. S. 237-238.)

12.1. MANÈS SPERBER BEI EINER TAGUNG DES "KONGRESS FÜR DIE FREIHEIT DER KULTUR".
Photographie, Mailand, 1955, Werner Rings, Brissago; Jenka Sperber, Paris.

12.2. DIE UMSCHAU.
Titelblatt von Heft 1 und Teil 2 des Jahresinhaltsverzeichnisses. Internationale Revue. Mainz: Internationaler Universum Verlag 1946-1948; Jenka Sperber,. Paris.
Manès Sperber gab die Zeitschrift im Auftrag der Franzosen heraus. Sie sollte, dem Geleitwort folgend, "*dazu beitragen, die Entfremdung zwischen den Deutschen und der Welt aufzuheben; sie will mit positiven Mitteln den deutschen Egozentrismus bekämpfen...*".Die Beiträge sind diesem Anspruch gemäß von hohem, internationalem Niveau (Heft 1 enthält einen frühen Abdruck eines Beitrags von Jean-Paul Sartre). Im Geleitwort erklärt der Herausgeber seine Absicht, in zukünftigen Nummern eine steigende Zahl deutscher Beiträge zu bringen. Planung und Gestaltung des Blattes nahm Sperber in Hinblick darauf vor, *"was sie, die Antinazis, von uns Antifaschisten nun erwarteten, was für eine Presse sie haben, was für Bücher sie lesen und wen sie hören wollten - nun, da sie alles nachholen konnten, was sie hatten versäumen müssen."* ***(Manès Sperber: Bis man mir Scherben auf die Augen legt, in: All das Vergangene. Wien, München, Zürich: Europaverlag 1983. S. 898).***

12.3. LAISSEZ-PASSER FÜR ÖSTERREICH . AUSGESTELLT FÜR MANÈS SPERBER
Gültig für einen Monat am 8. 7. 1947; Jenka Sperber, Paris.
Sperber kam im Rahmen seiner Mission für kurze Zeit nach Wien. Erst anläßlich einer Vortragsreihe 1962 besuchte er die Stadt wieder.

12.4. ARTHUR KOESTLERS ERÖFFNUNGSREDE ZUM "KONGRESS FÜR KULTURELLE FREIHEIT" IN BERLIN.

In: Der Monat, München, Berlin, 1950, 2. Jg., Nr. 22/23, Juli-August. ÖNB 794.557-C

Arthur Koestler widmete seit seiner Trennung von der Kommunistischen Partei einen großen Teil seiner schriftstellerischen Arbeit der Abwehr des Kommunismus. Diesem Thema galt der Roman "Sonnenfinsternis" und sein Beitrag.in der Sammelschrift "Der Gott, der keiner war".

Ludwig Marcuse gibt ein suggestives Bild von Koestlers Persönlichkeit: "er hat mich mächtig fasziniert bei diesen ersten Begegnungen. Er hatte, wenn er wollte, die Ausstrahlung dessen, der nichts als Werbung ist. Er war ein Melancholiker, der eine enorme Vitalität entfaltete, wenn er jemand gewinnen wollte. Er war brillant im Formulieren - nicht erst am Schreibtisch, auch nicht erst in der Debatte, schon zwischen Tür und Angell." (Ludwig Marcuse: Mein zwanzigstes Jahrhundert. München: List 1963. S. 244.) Bei der Eröffnungskundgebung dieser ersten, demonstrativ nach der Blockade 1948 in Berlin abgehaltenen, Tagung, sprach (u.a.) neben Koestler auch Ignazio Silone.

12.5. FRIEDRICH TORBERG.

Undatierte Photographie; NB 520.011 R.nNg.B(R)F, Österreichische Nationalbibliothek, Bildarchiv, Wien.

Friedrich Torberg gab in Wien eine vom Kongreß für kulturelle Freiheit finanzierte Zeitschrift mit betont antikommunistischer Tendenz, "Forum", heraus. Seinen Auffassungen entsprechend empfiehlt er an "politischen Romanen" im Dezember 1954 (in einer Rubrik "Geschenkvorschläge") neben Manès Sperbers "Der verbrannte Dornbusch" Bücher der Autoren Koestler, Georg Glaser, Victor Serge und Ignazio Silone.

12.6. RAYMOND ARON.
Undatierte Photographie; NB 517.990 B(R)F, Österreichische Nationalbibliothek, Bildarchiv, Wien.
Der Philosoph Raymond Aron wandte sich nach einem Aufenthalt in Deutschland 1930 bis 1933 unter dem Eindruck des Aufkommens des Nationalsozialismus der Soziologie und politischen Publizistik zu. Sperber, mit dem er seit 1937 befreundet war, schrieb für ihn die Laudatio anläßlich der Verleihung des Goethepreises.

12.7. GUSTAV REGLER ÜBER EINE VERANSTALTUNG MANÈS SPERBERS
Brief Gustav Regler an Manès Sperber, 5./6. 1. 1954. Autograph; Jenka Sperber, Paris.
Gustav Regler, mit Sperber noch aus Berlin bekannt, hatte seither auch mit dem Kommunismus gebrochen. Der hier vorgestellte Brief drückt auf mehreren Seiten Reglers Bewunderung aus für seinen Freund Manès Sperber, für seine "menschenformende, zur Besinnung zwingende, kultiviert unerbittliche" Ausstrahlung.

12.A. BRIEF IGNAZIO SILONE AN MANÈS SPERBER.
Autograph, Rom, 7. 6. 1969; Jenka Sperber, Paris.
Silones dankt Sperber für die Zusendung eines Zeitungsausschnittes; weiters begründet er kurz sein Fernbleiben von den Sitzungen der "Vereinigung", gemeint ist wohl der Kongreß für kulturelle Freiheit, mit den Worten: "glaube ich nicht an die Demokratie von Organen, die von einem Gönner abhängig sind".

13 VERLAGSTÄTIGKEIT

"... das eigenartige, in seinen klar begrenzten Voraussetzungen vorerst sachliche Verhältnis, das Autor und Verleger miteinander unter vertraglich gesicherten Bedingungen eingehen. Ob nun der Autor sein Buch anbietet oder der Verleger den ersten Schritt tut, ist für den Anfang gewiß nicht unerheblich, doch bestimmt gewöhnlich erst der Erfolg beziehungsweise Mißerfolg den Fortgang oder das Ende ihrer Beziehungen. So betrachtet der junge Autor nach dem Erfolg seines Erstlingswerks den Verleger mit anderen Augen; die präliminäre Dankbarkeit weicht dem Gefühl, daß der Verleger ihm verpflichtet ist, aber es gerne vergißt und daran zuerst sanft, bald aber energisch erinnert werden muß. Der Verleger seinerseits pocht darauf, daß er der Entdecker ist, der das unsichere Spiel gewagt und alles unternommen hat, um den Erfolg herbeizuführen." ***(Manès Sperber: Vorwort zu: Joseph Caspar Witsch. Briefe 1948-1967. hrsg. von Kristian Witsch. Köln: Kiepenheuer & Witsch 1977, S. 9.)***

Nach seiner Rückkehr aus dem Exil wurde Manès Sperber Lektor, später Leiter, der fremdsprachigen Produktion bei dem Pariser Verlag Calmann-Lévy, gab die Reihe "traduit de" mit Übersetzungen der Weltliteratur heraus. In demselben Verlagshaus betreute Raymond Aron die kulturpolitische Reihe "Liberté de l'Esprit". Zahlreiche von beiden Freunden geschätzte Autoren kamen darin zu Wort, so z.B. James Burnham, Maurice Joly, Arthur Koestler, Salvador de Madariaga, Léon Poliakov.
Neben seiner Verlagstätigkeit hielt Sperber deutschsprachige Vorlesungen im französischen Rundfunk und an der Pariser Universität Sorbonne.

13.1. MANÈS SPERBER.
Photographie von Jean-Marie Marcel (Calmann-Lévy Editeurs, Paris), um 1950; Jenka Sperber, Paris.
Das vorliegende Porträt und weitere Bilder dieser Reihe wurden vom Verlag als Autorenporträt auf Werbezetteln verwendet.

13.2. FREMDSPRACHIGE PRODUKTION VON CALMANN-LEVY.
Aus einem Verlagsprospekt. Kopie, undatiert; Manès Sperber-Archiv, Hans-Rudolf Schießer, Frankfurt/ Main.
Das Programm innerhalb wie außerhalb der Reihe "Traduit de" bietet ein breites Spektrum literarischer Manifestationen von Autoren, die Sperber von Jugend an lieb und vertraut waren, ebenso wie Werke aus literarischen Bereichen, die noch weniger bekannt und anerkannt waren. Insgesamt bringt das Programm einen gut durchdachten Überblick über die Weltliteratur, berücksichtigt die literarische Qualität eines Autors vorrangig vor seiner kulturpolitischen Stellungnahme (wie an der Zahl der im Programm vertretenen Werke Knut Hamsuns erkennbar ist).

13.3. ALFRED DÖBLIN.
Undatierte Photographie; NB 516.744 BrF, Österreichische Nationalbibliothek, Bildarchiv, Wien.
Das erste Werk, das Sperber in der Reihe "traduit de" herausbrachte, hatte Döblin zum Autor.
Die Bekanntschaft mit Alfred Döblin reicht bis in die Berliner Jahre zurück, wo Sperber gelegentlich an den Treffen Döblins mit Bert Brecht und dem Soziologen Fritz Sternberg teilnahm. Nach dem Ende des Zweiten Weltkriegs wurde Döblin, wie Sperber, von der

französischen Regierung in kultureller Mission nach Deutschland gesandt. Unter anderem war er 1949 an der Gründung der Akademie der Wissenschaften in Mainz beteiligt.

13.4. HERAUSGABE EINER ESSAY-REIHE DURCH MANÈS SPERBER.

Ausschnitte aus einem Brief von Manès Sperber an Joseph CasparWitsch vom 26. 1. 1963. In: Joseph Caspar Witsch: Briefe 1948-1967. Hrsg. Kristian Witsch. Vorwort Manès Sperber. Köln: Kiepenheuer & Witsch 1977. ÖNB 1,145.791-B

Das Verhältnis Manès Sperbers zu seinem ersten Verleger im deutschen Sprachbereich gestaltete sich rasch sehr freundschaftlich. Die persönliche Beziehung und ein kollegiales Verhältnis der beiden im Verlagswesen tätigen Männer verstärkten einander wechselseitig: sie gipfelte in Sperbers Mitarbeit am Verlag Kiepenheuer & Witsch, für den er bis zum Tod Witschs die Reihe "Essay" herausgab. Der Briefwechsel spiegelt den intensiven und fruchtbaren Gedankenaustausch über Autoren und Bücher sowie über umfangreichere Verlagsprojekte.

13.5. ARNOLD ZWEIG ANTWORTET AUF SPERBERS ANMERKUNGEN ZU "DAS BEIL VON WANDSBEK".

Ausschnitt aus einem Brief Arnold Zweigs an Manès Sperber, Haifa, 16. 5. 1947; Jenka Sperber, Paris.

Sperber hatte in einem vorhergehenden Brief Kürzungen an Zweigs Manuskript zu "Das Beil von Wandsbek" vorgeschlagen. Zweig zeigt sich in seiner Antwort beeindruckt von der Sorgfalt und vom Verständnis des Lektors: "Gleich nach der genauen

Überlegung dessen, was Sie zur Begründung etwaiger Striche in meinem "Beil" vorbrachten, sagte ich mir: Helloh. Dieser freundliche, deutsch schreibende Herr hat offenbar Recht. Er legt den Finger auf eine ungewollte Wirkung des Romans, wenn er von "Heimweh" spricht. Heimweh nach dieser bürgerlichen, in ihren eigenen Untergang verliebten Gesellschaft? Also fehlt im Beil eine Distanzierung ...".

13.6. ARNOLD ZWEIG.

Undatierte Photographie, Fayer, Wien; NB 518.581 Br, Österreichische Nationalbibliothek, Bildarchiv, Wien.
Arnold Zweig entwickelte sich vom bürgerlichen Liberalismus zum Sozialisten. Sein Roman "Das Beil von Wandsbek" bringt eine sozialpsychologisch gefärbte Erzählung aus dem nationalsozialistischen Deutschland.

13.7. MANÈS SPERBER: KNUT HAMSUN.

Vorwort zur französischen Ausgabe "Sur les sentiers où l´herbe repousse" (1981) von Hamsuns späten autobiographischen Aufzeichnungen (1949). Deutsche Übersetzung in: Manès Sperber: Geteilte Einsamkeit. Der Autor und sein Leser. Wien, München, Zürich: Europaverlag 1985, S. 197-210. ÖNB 1,242.593-B
Knut Hamsun wurde von nahezu der ganzen um 1900 geborenen Generation verehrt, die desto mehr von seiner Haltung zum Nationalsozialismus enttäuscht war. Sogar Kurt Tucholsky, der sich, bereits völlig zurückgezogen, aktuellen Stellungnahmen verweigert hatte, überlegte kurz vor seinem Tod noch, einen Aufsatz gegen den auch von ihm zuvor verehrten Hamsun zu schreiben.

Sperber, der das literarische Werk Hamsuns hoch schätzt, ist in seinem Einleitungsessay bemüht, sich in die Haltung des Menschen Hamsun einzufühlen.

13.A BRIEF ARNOLD ZWEIG AN MANÈS SPERBER.
Autograph, Haifa, 16. 5. 1947; Jenka Sperber, Paris.
Zweig nimmt zu Sperbers editorischen Vorschlägen Stellung (vgl. 13.5.) und berichtet von bisherigen Erfahrungen mit französischen Verlagen, die seine Werke nur verstümmelt herausgebracht hätten.

13.B BRIEF UPTON SINCLAIR AN MANÈS SPERBER.
Autograph, Monrovia, 13. 12. 1952; Jenka Sperber, Paris.
Wie im Fall des Verlegers Witsch lief das Verhältnis beider Autoren auf freundschaftlicher und kollegialer Basis zugleich. Auf Wunsch Sperbers überprüft Sinclair Fahnenabzüge: "Hope I have been able to meet some of your points." Zugleich gibt er der Hoffnung Ausdruck, eigene Titel bei Calmann-Lévy unterzubringen.

13.C BRIEF MAX BROD AN MANÈS SPERBER.
Typoskript mit eigenhändiger Unterschrift, Tel Aviv, 19. 1. 1953; Jenka Sperber, Paris.
Brod bittet um Absendung von Belegexemplaren und um Aufbewahrung seines Honorars. Er übersendet einen Prospekt zweier deutschsprachiger Romane zwecks eventueller Übernahme durch Calmann-Lévy. Weiters bittet er um Vermittlung bei der Placierung seines Essays über Milena Jesenskas Beziehung zu Kafka, den er gemeinsam mit dem Abdruck von acht Briefen über Kafka, die Milena ihm schrieb, herausgeben möchte.

14 LITERARISCHES WERK

"Die jeder literarischen Schöpfung zugrundeliegende Wirklichkeit ist in erster Reihe der Dichter selbst, das heißt: seine Vergangenheit und seine Gegenwart, sein Bewußtsein und seine Unbewußtheit, sein Wissen und sein Gewissen.
Der Prozeß des künstlerischen Schaffens vollzieht sich in einer unablässigen Pendelbewegung zwischen einer Subjektivität, die stürmisch zur Selbstüberwindung, zur Objektivierung drängt, und einer Objektivität, die der Subjektivierung nicht entrinnen kann." (Manès Sperber: Die Wirklichkeit in der Literatur der Gegenwart. Ein Vortrag. In: Die Rampe, Linz, 1977, Nr. 2, S. 7.)

Manès Sperbers Werk ist reich an Bezügen zu historischen, kulturpolitischen und psychologischen Themen und Aspekten. Es enthält auch "rein literarische" Arbeiten, erzählende und essayistische Prosa, neben dem großen Romanzyklus "Wie eine Träne im Ozean" den Roman "Der schwarze Zaun", Essays wie "Snobismus 1955" oder "Die Liebe und Casanova". Zudem schrieb Sperber - neben persönlichen und beruflichen Stellungnahmen zu Werken anderer Autoren - auch literaturtheoretische Arbeiten. In diesem Zusammenhang seien der Beitrag Sperbers zum Wiener Schnitzler-Symposium und der Essay über Karl Kraus genannt.
Die zahlreichen Literaturpreise, die Manès Sperber verliehen wurden, sind Anerkennung für dieses literarische Werk: z. B. 1971 der Literaturpreis der Bayerischen Akademie der Schönen Künste, 1973 der Hansische Goethe-Preis der Stiftung F.V.S. in Hamburg, 1974 der Preis für Literatur der Stadt Wien, 1975 der Georg Büchner-Preis der Deutschen Akademie für

Sprache und Dichtung / Darmstadt 1975, und 1977 der Große Österreichische Staatspreis für Literatur.

14.1. MANÈS SPERBER BEI EINER PODIUMS-DISKUSSION ÜBER DEN MODERNEN ROMAN.
Photographie, Otto Breicha, 1965; Jenka Sperber, Paris.
An dem von der Österreichischen Gesellschaft für Literatur veranstalteten und von Wolfgang Kraus moderierten Round-Table-Gespräch zum Thema "Unser Jahrhundert und sein Roman" nahmen u. a. Tibor Déry, Hermann Kesten, Alain Robbe-Grillet und Roman Karst teil.

14.2. "WIR UND DOSTOJEWSKIJ".
Eine Debatte mit ... geführt von Manès Sperber. Hamburg: Hoffmann und Campe 1972. (Standpunkt. Analysen. Dokumente. Pamphlete.) ÖNB 1,088.841-B
Manès Sperber befragt vier Schriftsteller - Heinrich Böll, Siegfried Lenz, André Malraux und Hans Erich Nossack - zur religiösen Verankerung sozialer Ideen bei diesem Autor. Dostojewskijs Persönlichkeit und Werk haben Sperber früh beeindruckt und seine Entwicklung mitgeprägt. Im Kreis der Individualpsychologen war die Bewältigung psychischer Extremsituationen durch Dostojewskijs Helden ein Exempel, mit dem sich u. a. Alfred Adler und Otto Kaus auseinandersetzten. Sperber selbst sprach im Januar 1935 in Paris im Rahmen der Vorträge des Schutzverbandes deutscher Schriftsteller über "Dostojewskij oder die politische Literatur". Noch im Jahr 1979 schreibt er: Dostojewskij *"hat nie aufgehört, meine soziale Revolte zu rechtfertigen und meine ästhetische Sensibilität gleichzeitig zu nähren und herauszufordern"* ***(in: Manès Sperber: Weinen um Hekuba oder Erwägungen über Wirkung und Nachwirkung der***

Literatur, zit. nach Literatur und Kritik, Wien, 1979, 14. Jg., Nr. 133, S. 139.)
Sperbers biographischer Essay, der den Band von 1972 einleitet, wurde am 7. November 1971 unter dem Titel "Fjodor Michailowitsch Dostojewski. Versuch einer Biographie" vom Norddeutschen Rundfunk gesendet.

14.3. MANÈS SPERBER: VOM CHARAKTER DER FRANZÖSISCHEN LITERATUR.
In: Manès Sperber: Geteilte Einsamkeit. Der Autor und sein Leser. Wien, München, Zürich: Europaverlag 1985. ÖNB 1,242.593-B
Das Manuskript des vorliegenden Essays entstand im wesentlichen schon 1954; in deutscher Sprache wurde er allerdings erst in dem Sammelband von 1985 publiziert.

14.4. MANÈS SPERBER: DIE WIRKLICHKEIT IN DER LITERATUR DES 20. JAHRHUNDERTS.
In: Manès Sperber: Die Wirklichkeit in der Literatur des 20. Jahrhunderts; Der Freiheitsgedanke in der europäischen Literatur. Zwei Essays. München: Nymphenburger Verlagshandlung 1983. (Reihe Positionen. Band 1.) ÖNB 1,217.499-B.Per.1.
In diesem Beitrag zur Literaturgeschichte unseres Jahrhunderts beleuchtet Manès Sperber die Verarbeitung der Realität in der Themenwahl, der Darstellungsweise, der Rezeption durch den Leser: "*Die echte Fiktion verleugnet nicht ihr Wesen und nicht ihre Vieldeutigkeit. Doch die illusionistische Fiktion gibt vor, die Wahrheit zu sein, weil sie vor allem verführen will und muß. Die Verführten aber fühlen sich als Sieger, sobald sie erlegen sind.*" Anhand der Werke von Joyce, Proust und Gide stellt er fest, daß die zeitgenössischen Autoren nicht mehr, wie früher, eine eigene, wenn auch

literarisch-fiktive, Wirklichkeit schaffen: "*Jeder der genannten Romane leitete auf eigene Art den Prozeß ein, in dessen Verlauf der Romancier seine gottähnliche Rolle endgültig verlieren sollte. Er hörte auf, der Alles- oder Besserwisser zu sein, der seine Figuren so gut wie seine Leser nach seinem Gutdünken dahin oder dorthin, jedoch stets am Gängelband führen konnte. Fortab konnte der Romancier selber eine dieser Figuren sein - oder aber umgekehrt so völlig aus seinem Roman verschwinden, daß der einheitliche Ton verloren ging. Der Autor Hemingway zum Beispiel bleibt häufig stumm; man erfährt nur, was die Helden über sich selbst, über einander, über ihre Umstände und ihre Taten aussagen.*"
Der Vortrag wurde erstmals 1965 zur 600-Jahr-Feier der Universität Wien gehalten. Ein erster Druck erfolgte in der Zeitschrift "Die Rampe", 1977, Heft 2, S. 7-31. Die Wiederholung des Vortrags 1982 an der Universität Würzburg führte dann zur vorliegenden Ausgabe im Auftrag des Instituts für Demokratieforschung.
In einem Interview 1975 gab Sperber an, eine "große literarische Ästhetik" schreiben zu wollen (in: Frankfurter Rundschau, 1975, 18. 10.). Möglicherweise hätte sie sich auf der Basis der in diesem Aufsatz formulierten Gedanken entwickelt.

14.5. MANÈS SPERBER: WEINEN UM HEKUBA ODER ERWÄGUNGEN ÜBER WIRKUNG UND NACHWIRKUNG DER LITERATUR.

In: Literatur und Kritik, 1979, 14. Jg., Nr. 133, S. 130. ÖNB 1,011.876-B.Per.

Der hier gezeigte Zeitschriftenbeitrag ist eine der gedruckten Fassungen eines im Oktober 1978 gehaltenen Vortrags, auf einer Tagung der Deutschen Akademie für Sprache und Dichtung zum Thema "Gedanke und Tat. Über Macht und Ohnmacht des Schriftstellers im Staat". Im Jahrbuch der Deutschen Akademie erfolgte 1978 (1979) auch der erste Abdruck des Textes der Rede.

Sperber bringt hier eine Rezeptionspsychologie sowohl auf der individuellen Ebene des Lesers, dessen aktive Funktion er betont, als auf gesamtgesellschaftlicher Ebene, wo er die Unwirksamkeit der Literatur, selbst gegen alle Absichten der Autoren, feststellt.

14.6. MANÈS SPERBER AN FRIEDRICH TORBERG.

Auszug eines Briefes, Issy-les-Moulineaux, 3. 4. 1968. In: Friedrich Torberg: In diesem Sinne ... Briefe an Freunde und Zeitgenossen. Mit einem Vorwort von Hans Weigel. München, Wien: Langen Müller 1981. ÖNB 963.300-B.12.

Sperbers Brief, ein weiteres Zeugnis für sein schon bei seiner Verlagstätigkeit in Erscheinung getretenes sensibles Verständnis literarischer Werke, bezieht sich auf Torbergs Manuskript einer von Max Brod handelnden Erzählung: "Der Mann, der nie über Kafka schrieb".

Wie sehr Sperbers Kommentare von seinen Schriftstellerkollegen auf- und angenommen wurden, zeigt auch eine Eintragung zum 8. Oktober im Tagebuch Robert Neumanns: "Ich war durch Jahre der Gegenstand seines (d.i. Sperbers, V.L.) strengen Lobs wie seines strengen Tadels, beide waren mir, der ich sonst ohne freundschaftliche Berater dieser kritischen Potenz bin, von hohem Wert. In den Jahren nach dem Krieg fuhr ich aus meinem Dorf in England mehr als einmal zu ihm nach Paris, mich zu beraten, er war mir beinahe das, was die Inder ihren Guru nennen ..." (In: Robert Neumann: Vielleicht das Heitere. Tagebuch aus einem anderen Jahr. München: Desch 1968.)

14.7. VERLEIHUNG DES GEORG BÜCHNER-PREISES 1975 DER DEUTSCHEN AKADEMIE FÜR SPRACHE UND DICHTUNG DARMSTADT.

In: Der Georg Büchner-Preis 1951-1978. Eine Ausstellung des Deutschen Literaturarchivs Marbach . Marbach/N.: Deutsche Schillergesellschaft 1978. S. 302-303. ÖNB 1,157.786-B

Manès Sperber bekam diesen angesehenen Preis, den vor ihm u. a. Max Frisch, Paul Celan, Heinrich Böll, Elias Canetti und Hermann Kesten erhalten hatten, mit der folgenden Begründung verliehen: "Die Deutsche Akademie für Sprache und Dichtung verleiht den Georg Büchner-Preis 1975 Manès Sperber, der in Romanen, Essays und autobiographischen Schriften die Kunst beständiger Selbstprüfung übt und so einen exemplarischen Beitrag zur Geschichte der Gefährdung des Individuums in diesem Jahrhundert geleistet hat." Büchners Werke, besonders die geschichtsphilosophischen Aspekte davon, haben Sperber bereits in den späten Dreißigerjahren beschäftigt. Daß Hans Mayers 1935 entstandenes Buch über Georg Büchner 1946 in Wiesbaden (erstmals) gedruckt werden konnte, mag dem Einfluß des Kulturoffiziers Sperber zuzuschreiben sein.

14.A BRIEF ANDRE MALRAUX AN MANÈS SPERBER.
Autograph, ohne Orts- und Datumsangabe; Jenka Sperber, Paris.
Malraux kündigt Sperber eine Büchersendung an, äußert sich eher zurückhaltend über Ernst Jüngers "Marmorklippen", berichtet, sein Werk "Les noyers de l´Altenburg" für den Druck revidiert zu haben, und verspricht einen Vorschlag zur Lösung des dramaturgischen Problems, wie eine Romanfigur Sperbers ihre Einkünfte nachweisen könnte.

15 "WIE EINE TRÄNE IM OZEAN" / 1

"Das Thema meiner Trilogie wie meiner anderen erzählenden Werke ist im Grunde durch einige Fragen bestimmt, welche seit Jahrtausenden aktuell sind, aber in diesem Jahrhundert drängend, beängstigend und für jeden denkenden Menschen unausweichlich geworden sind: Was ist der Wert des einzelnen im großen Geschehen ? Wie ist es um seine Verantwortlichkeit bestellt und wie um seine Fähigkeit, die Verantwortung wirklich zu tragen ? Woraus soll er die Kraft schöpfen, die eigene Furcht zu überwinden und sich der Gewalt entgegenzusetzen ? Wie soll er leben, ohne mitschuldig zu werden ? Die Helden meiner Trilogie versuchen durch Taten auf diese Fragen zu antworten." (Notiz um 1955, aus dem Nachlaß, zit. nach: Werner Rings. Manès Sperber. Zitate aus Büchern und Gesprächen. In: Du, 1986, Nr. 9, S. 4.)

Die Romantrilogie vereinigt in verdichteter Form alle Stränge der literarischen, essayistischen und gesellschaftspolitischen Themen Manès Sperbers. Sie geht der Mehrzahl der essayistischen Schriften, die diese Themen im einzelnen aufnehmen, voran. Gegenüber der Luzidität dieser späteren Schriften zeichnet sich die Romantrilogie durch eine eigene Qualität des Erlebens aus.

15.1. MANÈS SPERBER SIGNIERT EIN BUCH.
Photographie, Paris, 1968, Gallimard/ Jacques Sassier; Jenka Sperber, Paris.

15.2. MANÈS SPERBER: MANUSKRIPT ZU "DER VERBRANNTE DORNBUSCH".

Autograph, um 1940, S. 1; Jenka Sperber, Paris.

Die Arbeit an der späteren Romantrilogie begann Manès Sperber 1940 in Südfrankreich, wo er vor der deutschen Besatzungsmacht Zuflucht gesucht hatte.

15.3. ROGER MARTIN DU GARD.

Undatierte Photographie; Österreichische Nationalbibliothek, Bildarchiv, NB 526.863 Br

Durch Vermittlung André Malraux erklärte Roger Martin du Gard sich bereit, die Manuskripte, die Sperber 1942 auf seiner Flucht in die Schweiz zurücklassen mußte, aufzubewahren und zu verstecken.

Martin du Gard war ein geeigneter Ansprechpartner: er war bereits früher im Rahmen des Gesprächskreises Pontigny für deutsch-französische kulturelle Beziehungen eingetreten, und hatte u. a Heinrich Mann zu den Treffen eingeladen.

Sperber hatte die Fortsetzung seiner schriftstellerischen Tätigkeit nach dem Zweiten Weltkrieg von der Erhaltung der Manuskripte abhängig gemacht.

Martin du Gard hielt sein Versprechen auch dann noch, als er sich selbst vor der Gestapo in Sicherheit bringen mußte.

15.4. MANÈS SPERBER: ET LE BUISSON DEVINT CENDRE.

Roman. Paris: Calmann-Lévy 1949; Jenka Sperber, Paris.

Die Übersetzung des deutschen Originaltextes für diese Erstausgabe besorgte Sperber selbst in Zusammenarbeit mit Blanche Gidon, die schon Joseph Roth übersetzt hatte. Das Buch ist Manès Sperbers Frau Jenka gewidmet.

15.5. ALBERT CAMUS ÜBER "ET LE BUISSON DEVINT CENDRE".
Brief Albert Camus an Manès Sperber, Autograph, ohne Ortsangabe, 25. 9. (vermutl. 1949); Jenka Sperber, Paris.
Manès Sperber schätzte Albert Camus wegen der aktiven Qualität seines Engagements, das ihn - Sperber setzt hier Camus und Sartre scharf gegeneinander ab - zur persönlichen Teilnahme, nicht nur zur Stellungnahme, im politischen Geschehen veranlasse. Camus´ Buch "L´homme révolté" widmete Sperber 1954 eine lange Besprechung in der New York Times Book Review, um Buch und Autor gegen einen Artikel Sartres in Schutz zu nehmen.

15.6. WERBEEINSCHALTUNG MIT VERWEIS AUF DIE TITELREZENSION ZU MANÈS SPERBER: THE BURNED BRAMBLE.
Ausschnitt aus: The New York Times Book Review, 1951; Jenka Sperber, Paris.
Das Inserat verweist auf Upton Sinclairs umfangreiche, groß aufgemachte Rezension der amerikanischen Übersetzung von "Der verbrannte Dornbusch".

15.7. MANÈS SPERBER: DER VERBRANNTE DORNBUSCH.
Prospekt im Design des Schutzumschlags der Ausgabe: Mainz: Internationaler Universum Verlag 1949; Jenka Sperber, Paris.
Der Prospekt vereinigt mehrere lange Auszüge aus repräsentativen Besprechungen nach dem Erscheinen von "Der verbrannte Dornbusch", u. a. von Hans Helmut Kirst, Alfred Andersch und Arthur Koestler.

15.8. MANÈS SPERBER: INHALTLICHE VERÄNDERUNGEN AN "DER VERBRANNTE DORNBUSCH".

Seite 302 -603 mit eigenhändigen Zusätzen und Streichungen in: Manès Sperber: Der verbrannte Dornbusch. Roman. Mainz: Internationaler-Universum Verlag 1949; Jenka Sperber, Paris.

Die Veränderungen sind mit Bleistift, farbigen Tinten und Kugelschreibern aufgetragen. Sie entsprechen genau der Textfassung der Trilogie "Wie eine Träne im Ozean".

15.A - C TEXTFASSUNGEN: um 1940, 1949 und 1961.

Zur Entstehung des Romans in seinen verschiedenen Fassungen schreibt Manès Sperber:

"Nein, ich beeilte mich nicht; ich hatte Zeit oder umgekehrt gar keine mehr. Ich glaubte, daß ich gewiß nicht lange genug leben würde, um das, worauf es ankam , zu Ende zu führen; also ging es darum, täglich einige Stunden lang Zuflucht zu finden. "Ich schrieb, wie der einsame Wanderer, verloren in tiefer Nacht, singen oder zu sich selbst sprechen mag." Das erklärte ich zwanzig Jahre später im Vorwort zu der ersten einbändigen Ausgabe der Trilogie "Wie eine Träne im Ozean". Als ich im Sommer 1948 die endgültige Fassung des ersten Romans dieser Trilogie schrieb, kürzte ich den Text jenes Schulheftes beinahe um die Hälfte. Das fiel mir nicht gar zu schwer: Deutlich genug hoben sich nun in meiner Sicht jene Episoden, Seiten und Satzfolgen ab, die psychohygienisch notwendig gewesen, aber fortab überflüssig waren. Es handelte sich eben nicht mehr um eine im voraus verlorene Flaschenpost, sondern um ein Buch." *(In: Manès Sperber: Bis man mir Scherben auf die Augen legt, in: All das Vergangene. Wien, München, Zürich: Europaverlag 1983. S. 836.)*

16 "WIE EINE TRÄNE IM OZEAN" / 2

"Wie ich einmal geschrieben habe: Immer wenn ich gegen etwas, gegen ein Unrecht gekämpft habe, hab ich recht gehabt. Ich habe in der Wahl des Übels, das ich bekämpfte, bekämpfe, mich eigentlich nie geirrt. Aber ich habe mich oft geirrt, wenn ich glaubte, daß ich für das Richtige kämpfte. Das ist meine Lebensgeschichte; das ist eben "Wie eine Träne im Ozean".
(Manès Sperber. Sein "psychologisches Testament. Auszüge aus einem Interview mit Hans-Jürgen Walter und Karl-Hermann Schäfer., ausgewählt von Jenka Sperber. In: Manès Sperber. Sein letztes Jahr. München: Deutscher Taschenbuch Verlag 1985. S. 106.)

16.1. MANÈS SPERBER.
Undatierte Photographie; Dokumentationsstelle für neuere österreichische Literatur, Wien.

16.2. MANÈS SPERBER: PLUS PROFOND QUE L´ABIME.
Roman. Paris: Calmann-Lévy 1980. (Le livre de poche. Band 5359.) ÖNB 836.269-A.Per. 5359
Die Übersetzung des deutschen Originaltextes für die Erstausgabe 1950 besorgte wie schon bei "Et le buisson devint cendre" der Autor selbst mit Unterstützung von Blanche Gidon. Manès Sperber hat das Buch Arthur Koestler gewidmet.

16.3. MANÈS SPERBER: LA BAIE PERDUE.
Victi victuri vincendi. Roman. Paris: Calmann-Lévy 1980. (Le livre de poche. Band 5386.) ÖNB 836.269-A. Per. 5386
Die französische Übersetzung von "Die verlorene Bucht" erschien drei Jahre vor der deutschen Ausgabe.

Die Übersetzung des Buches, das Sperbers Söhnen Vladimir und Dan gewidmet ist, führte wie in den beiden vorhergehenden Bänden Manès Sperber mit Blanche Gidon durch.

16.4. VERLAGSPROSPEKT VON CALMANN-LEVY FÜR DIE BÄNDE DER TRILOGIE.

Undatierter Verlagsprospekt, um 1952; Jenka Sperber, Paris.

Das kleine Faltblatt vereinigt ein Porträt des Autors, eine knappe Einleitung in die Zielsetzung des Romans, die Liste der erschienenen Teile, und charakteristische Pressestimmen in kurzen Zitaten.

16.5. MANÈS SPERBER: DIE VERLORENE BUCHT.

Roman. Köln, Berlin: Kiepenheuer & Witsch 1955. Leihgabe für die Dauer der Ausstellung, Antiquariat Löcker & Wögenstein, Wien.

Der Verleger Witsch schätzte Sperber nicht nur als Freund und als befreundeten Verleger, er war auch von der Qualität seines schriftstellerischen Werks überzeugt.

16.6. REZENSION VON MANÈS SPERBER: DIE VERLORENE BUCHT.

Friedrich Abendroth: Das Unausdenkbare bedenkend. Bericht über zwei Bücher der Klage. In: Forum, 1956, 3. Jg., Nr. 25, Januar, S. 29-30. ÖNB 831.410-C.Per.

Abendroth greift einige Leitmotive des Buches, die auch generell Leitmotive in Sperbers Denken und Schaffen sind, heraus: den Begriff der Freiheit, den Zusammenhang von Geist und Tat, den Kampf um die Macht zum Zweck der Verwirklichung von Idealen, die der Kampf selbst, noch viel mehr die errungene Macht pervertieren wird.

16.7. MANÈS SPERBER: WIE EINE TRÄNE IM OZEAN.

Romantrilogie. Köln, Berlin: Kiepenheuer & Witsch 1961. ÖNB 952.234-B

Erst diese Ausgabe der Romane betrachtete Manès Sperber wirklich als Erscheinen auf dem deutschen Buchmarkt. Sein Verleger Witsch berichtet darüber: "Dadurch, daß Sperber sozusagen so ungewöhnliche Hoffnungen auf das Erscheinen seiner Trilogie setzt und mit dem Erfolg des Buches Deutschland mißt, fühle ich mich mit meinen Erfahrungen unseres Marktes ziemlich unbehaglich, aber nur aus diesem Grunde. Was die Qualität des Buches angeht, da kann ich mich nicht irren." (In: Brief Joseph Caspar Witsch an Friedrich Sieburg, 14. 7. 1961, in: Joseph Caspar Witsch. Briefe 1948-1967. Köln: Kiepenheuer & Witsch 1977, S. 169.)

16.A BRIEF EUGENE IONESCO AN MANÈS SPERBER.

Autograph, in französischer Sprache, Paris, 8. 10. 1952; Jenka Sperber, Paris.

Ionesco schreibt Sperber von seinen Empfindungen nach der Lektüre von "Qu´une larme dans l´océan"; er formuliere sie vom christlich-religiösen Standpunkt, aus der zentralen Erkenntnis, daß seit nunmehr zweitausend Jahren das jüdische Volk den Platz Christi am Kreuz eingenommen habe. Kämpfen jedoch führe nur zu gleich großen oder noch schlimmeren Übeln.
Nach so ernsten Dingen dürfe man nicht mehr lachen; daher wage er es nicht, Manès Sperber zum Besuch zweier seiner Komödien ins Theater einzuladen.

16.B "EPILOG". ENTWURF ZU EINEM VIERTEN TEIL VON "WIE EINE TRÄNE IM OZEAN".

Manuskript, bezeichnet "EPILOG (Arbeitstitel) zur Trilogie: Wie eine Träne im Ozean"; Jenka Sperber, Paris.

Am Titelblatt kommentierte Sperber am 16. Dezember 1982 sein letztes Romanprojekt mit folgenden Worten: "Heute am 4. Tag meines 78. Lebensjahres beginne ich zögernd einen neuen Roman. Es ist ein Wagnis, gewiß." Das Manuskript bricht mit Kapitel 2, Seite 23 ab.

17 EINFLUSS DER INDIVIDUALPSYCHOLOGIE

"Die kaum sagbar schwere Zeit, die inzwischen vergangen war, hatte mich dem jungen Mann, diesem geradezu besessenen Psychologen, der ich gewesen war, ebenso wie seinen recht herausfordernden Gewißheiten entfremdet - seinen Gewißheiten, aber nicht seinen Fragestellungen und nicht den grundlegenden Erkenntnissen der Adlerschen Individualpsychologie". ***(In: Manès Sperber: Vorangestelltes Nachwort - anstelle eines zweiten Vorworts, 1978, zur Buchausgabe 1978 "Individuum und Gemeinschaft"des Manuskripts von 1933/1934.)***

Für Sperber blieben die Gedanken seiner individualpsychologischen Vorlesungen relevant; allerdings wird eine kritische Distanz gegenüber den älteren Texten in einem Brief vom 8. November 1977 an seinen Verleger Erich Pogats spürbar: *"Ich mache das Psychologiebuch für den Klett-Verlag zurecht. Es ist schon merkwuerdig, ein Manuskript zurechtzustutzen, das man 44 Jahre vorher geschrieben hat. Nestroy legt dem Holofernes den Satz in den Mund: Das moecht' ich aber sehen, wer staerker ist - i oder i".*
Man könnte annehmen, daß Manès Sperber in späteren Jahren weniger an die Heilbarkeit von Übelständen geglaubt hat als in jungen Jahren: gegenüber dem ausdrücklich therapeutischen Ansatz der Zwanziger- und Dreißigerjahre überwiegt in den späteren Schriften die Analyse.

17.1. MANÈS SPERBER IM GESPRÄCH MIT BAYARD RUSKIN UND ELIE WIESEL.

Kongreß zur Befreiung der Juden im Mittleren Osten. Paris, 27. Januar 1970. Photographie Daniel Franck/ Paris, 1970; Jenka Sperber, Paris.

An dem Kongreß, der den Juden im Mittleren Osten zum Selbstbestimmungsrecht, mindestens aber zur Ausreisemöglichkeit verhelfen sollte, nahmen neben Sperber der jüdische Schriftsteller Elie Wiesel, der amerikanische Vertreter der Menschenrechtskommission Bayard Rustin und Léon Poliakov, der Historiker des Judentums, teil.

17.2. ALFRED ADLER-MEDAILLE.

Gestaltung der Medaille: Siegfried Welz; Jenka Sperber, Paris.

Manès Sperber bekam die Alfred Adler-Medaille am 14. Juni 1977 verliehen. Sperber hielt schon 1975 die Festrede zur Gründung des "Instituts für Individualpsychologie" in Düsseldorf. 1982 eröffnete er den Weltkongreß für Individualpsychologie.

17.3. MANÈS SPERBER: DE LA HAINE.

In: Manès Sperber: Le talon d'Achille. Essais. Paris: Calmann-Lévy 1957. ÖNB 904.250-B

Der Essay über den Haß, der sich mit dem Antisemitismus beschäftigt, entstand 1956. Er bezieht die beiden Adressaten psychologischer Erziehungsarbeit, das Individuum und die Gesellschaft, in seine Analysen ein: *"Man kann versuchen, dem totalen Haß, solange es sich um eine individuelle Erscheinung handelt, durch heilende Erziehung beizukommen. Um ihn aber als gesellschaftliches Phänomen bekämpfen zu können, muß jeder religiöse, soziale oder nationale Betrug aufgedeckt und bekämpft werden, jener Betrug, der immer dann sein Unwesen treibt, wenn eine Epocche zögert, sich mit den wahrhaftigen Problemen auseinanderzusetzen."* *(zit. nach Manès Sperber: Die Achillesferse. Köln: Kiepenheuer & Witsch 1960, S. 157-158.)*

17.4. MANÈS SPERBER: ALFRED ADLER ODER DAS ELEND DER PSYCHOLOGIE.

Wien: Molden 1970. (Glanz und Elend der Meister.)
ÖNB 1,046.934-B.

*y*Aus dem Abstand mehrerer Jahrzehnte schrieb Manès Sperber - anknüpfend an einen Vortrag vom Jänner 1967 - ein zweites Buch über Alfred Adler, diesmal keine orthodoxe Monographie sondern eine Darstellung der Entwicklung von Adlers Persönlichkeit; zugleich gibt das Buch ein mit kultur- und wissenschaftshistorischen Aspekten angereichertes Bild des Wien der Jahre um und nach dem Ersten Weltkrieg.

17.5. MANÈS SPERBER: DER MENSCH UND SEINE TATEN.

In: Manès Sperber: Leben in dieser Zeit. Sieben Fragen zur Gewalt. Wien, München, Zürich: Europaverlag 1972.
ÖNB 1,077.598-B

Aus Anlaß eines KZ-Prozesses stellt Sperber die Frage nach der Verantwortlichkeit des Menschen für seine Taten, nach dem Weg, der zur Gewalttat führt. Er bietet eine Erklärung an für die Bereitschaft der Täter zu ihren Verbrechen, für die (vielfache) individuelle Wandlung als Massenphänomen. Als Konsequenz eines einmal erfolgten Anschlusses an eine z.B. politische Bewegung kommt es unter politisch-gesellschaftlichem Druck zu einem innerpsychischen Kommunikationsbruch: das spontane Empfinden wird von der Entschlußfähigkeit abgekoppelt. Es kommt zur "*Befehlserfüllung aus einem Zustand der selbstverschuldeten, beglückenden Unmündigkeit.*"

17.6. MEINUNG GEGEN MEINUNG: STELLUNGNAHMEN ZUM THEMA AGGRESSION.

94. Streitgespräch der Düsseldorfer Diskussionsrunde "Meinung gegen Meinung", 5. 9. 1972. Bericht von Max Metzger in: Münchner Merkur, 1972, 28. 9; Dokumentationsstelle für neuere österreichische Literatur, Zeitungsausschnittsammlung , Wien.

Zum Thema zerstörerische und schöpferische Aggression sprachen Oskar Negt, Friedrich Hacker und Manès Sperber unter der Leitung von Iring Fetscher. Während Negt und Hacker die Legitimität sozialer und gesellschaftlicher Gewalt behandelten, ging Sperber auf die positiv zu bewertende schöpferische Aggression der Künstler, aber auch generell der jeweils heranwachsenden neuen Generationen ein, Überkommenes zu zerstören, um etwas Neues aufzubauen.

17.7. MANÈS SPERBER. "JEGLICHER ERFÄHRT, DASS ES KEIN ENDE GIBT".

Auszüge aus dem Eröffnungsreferat "Die Erziehung im Jahrhundert der Psychologie" der 31. Internationalen Pädagogischen Werktagung 1982 des Katholischen Bildungswerkes in Salzburg, In: Salzburger Nachrichten, 1982, 24./25. Juli; Dokumentationsstelle für neuere österreichische Literatur, Zeitungsausschnittsammlung, Wien.

Die bereits von Alfred Adler geweckte Überzeugung von der Wichtigkeit von Erziehung behielt Sperber sein Leben lang bei. Dabei legte er immer wieder Nachdruck auf die "nichtautoritäre" Erziehung, die er nachdrücklich von der "sogenannten antiautoritären" unterschied. Die "Autorität des Wissens, der Erfahrung und des Könnens" soll nicht versteckt werden, wohl aber Verstand und Initiative des Gegenübers angesprochen werden: "*Es handelt sich keineswegs darum, die Komödie der Gleichheit zu spielen, sondern den Mut zur Gleichheit zu erwecken, ihn fordernd zu fördern.*"

17.A BRIEF EUGENE CIORAN AN MANÈS SPERBER.
Autograph, Paris, 23. 1. 1958; Jenka Sperber, Paris.
Cioran dankt für die Zusendung des Buches "Le talon d'Achille", an dem die Luzidität zu bewundern sei, die nicht von Bitterkeit, Pose oder Hohn begleitet wird. Er bezeichnet Sperber als einen "nachsichtig mildtätigen Analytiker".

17.B MANÈS SPERBER UND DER SALZBURGER ERZBISCHOF DR. DR. KARL BERG.
Eröffnung der 31. Internationalen Pädagogischen Werktagung 1982 des Katholischen Bildungswerkes in Salzburg, Photographie, 1982; Jenka Sperber, Paris.

18 ROLLE DES INTELLEKTUELLEN

"Ich bekenne, daß ich zu schreiben begann, weil ich es bitter nötig hatte, um die Misere der Zeit, die ständige Bedrohung und mich selbst ertragen zu können. Aber daß ich seither veröffentliche, was ich schreibe, das geschieht, weil ich auf die Gefühle meiner Leser und in erster und letzter Linie auf ihr Bewußtsein wirken will. Vielleicht, weil ich erst spät ein Schriftsteller geworden bin, ist mir das Lied, das aus der Kehle dringt, keineswegs Lohn, der reichlich lohnet, sondern im Sinne des Rabbi Nachman von Bratzlav ein stets erneuter Ruf, der den Leser wecken, den Leser und mich selbst immer wieder erwecken soll."
(Manès Sperber. Rede beim Empfang des Georg Büchner-Preises der Darmstädter Akademie für Sprache und Dichtung. Zit. nach: "Ich habe keine Gewißheiten zu bieten", in: Süddeutsche Zeitung, 1975, Nr. 246, 25./26. 10., Feuilleton-Beilage.)

War für Sperber während der Dauer seiner Zugehörigkeit zur Kommunistischen Partei die Rolle der Intellektuellen klar gewesen, so hatte er sie schon 1938 neu zu definieren versucht: als *"regulierender, kritischer Gegenspieler der Macht"*. Daraus zog er in den Jahren nach dem Zweiten Weltkrieg die Konsequenz der Teilnahme am Kongreß für kulturelle Freiheit (vgl. Kap. 12), während er später individuellen Stellungnahmen größere Bedeutung beimaß.
Die kulturpolitische Rolle des Intellektuellen bestimmte Sperbers Verhältnis zu seinen engeren geistigen Freunden: Malraux, Koestler, Aron, der seinerseits betont: "Unsere Freundschaft erhärtete sich in den furchtbaren Vorkriegsjahren. Sie dauert bis heute an, ohne Unterbrechungen, ohne Nachlassen. Wir haben den gleichen Kampf geführt, gegen den gleichen Feind; im Herzen vereint, selbst wenn unsere Urteile nicht übereinstimmten." (In: Raymond Aron:

Mémoires. 50 ans de réflexion politique. Paris: Julliard 1983, S. 608.) Als Aron der Hansische Goethe-Preis verliehen wurde, würdigte Sperber die Haltung seines Freundes in einer Laudatio mit dem programmatischen Titel "Nichts ist ihm recht, was nicht gerecht ist".

18.1. MANÈS SPERBER.
Undatierte Photographie, Otto Breicha, Salzburg/ Wien; Europaverlag, Wien.

18.2. MANÈS SPERBER: GESCHICK UND MISSGESCHICK DES GEISTES IN DER POLITIK.
In: Neues Forum, 1967, 14. Jg., Nr. 164-165, S. 578. ÖNB 831.410-C.Per.
Der Essay führt an vielen Situationen die prekäre Position des Intellektuellen vor Augen. Mit beginnendem politischem Einfluß droht die Korrumpierung durch die Macht: "*Die einen wenden sich im Namen globaler Ideen und Ideale der Politik zu. Sofern sie nicht das Glück haben, rechtzeitig besiegt zu werden, werden sie Politiker, privilegierte Diener der Macht oder gar selbst Machthaber. Damit hören sie in der Tat auf, in der Politik Intellektuelle zu sein..*".
Zur Warnung formuliert Manès Sperber einen kategorischen Imperativ für Intellektuelle: "*Der Intellektuelle ist berufen - ja sogar verpflichtet - überall dort einzugreifen, wo es gilt, bestimmte Taten zu verhindern oder anzuklagen, und dies jedesmal, wenn moralische oder geistige Not zu einer allgemeinen Gefahr zu werden droht.*" Voltaire, Zola, Tolstoj, Gorkij, Upton Sinclair, Romain Rolland etwa, Vorbilder solchen moralisch-intellektuellen Wirkens, waren auch Leitbilder für Sperbers eigene Haltung.

18.3. SYMPOSIUM "DIE VERANTWORTUNG DES SCHRIFTSTELLERS".

Veranstaltung der Österreichischen Gesellschaft für Literatur, Wien, im November 1972. Bericht von Hans Rochelt, in: Der Tagessspiegel, Berlin, 1972, 4. 12.; Zeitungsausschnittsammlung der Dokumentationsstelle für neuere österreichische Literatur, Wien.

Im Rahmen der dreitägigen, von Wolfgang Kraus geleiteten Diskussionen unterstrich Manès Sperber die Unmöglichkeit, sich der Verantwortung des Schreibenden zu entziehen: auch die Berufung auf die Autonomie der Kunst stelle bereits eine Position gesellschaftlichen (Nicht-)Engagements dar.

18.4. MANÈS SPERBER: STUFEN DER PRAKTIKABLEN UNWISSENHEIT.

In: Manès Sperber: Essays zur täglichen Weltgeschichte. Wien, München, Zürich: Europaverlag 1981. ÖNB 1,187.411-B

Der Essay wurde 1968 unter dem Eindruck der Entstehung der "Neuen Linken" geschrieben; er enthält eine Warnung vor der Abdankung der Kritik zugunsten einer verbindlichen Meinung, vor dem "Meinungsterror", als den er die Studentenbewegung empfand.

18.5. MANÈS SPERBER: ZUR DIALEKTIK VON ANPASSUNG UND WIDERSTAND.

Vortrag, gehalten an der Münchener Universität am 21. Februar 1980 im Rahmen der Gedenkfeier für die am 22. Februar 1943 hingerichteten Geschwister Scholl und ihre Kampfgefährten. In: Manès Sperber: Essays zur täglichen Weltgeschichte. Wien, München, Zürich: Europaverlag 1981. ÖNB 1,187.411-B

Die politische Haltung des einzelnen Bürgers wie jene des Intellektuellen stellt sich als ein Problem der (Nicht-) Anpassung an herrschende Normen oder Zwänge dar. Verräterisches Zeugnis für Diktatur und Lüge ist die tendenziöse, verfälschende, Sprache, die die Verbindlichkeit, die Bedeutung der Worte unterhöhlt: *"Die tyrannische, häufig ideologisch gerechtfertigte Lüge zerstört die wahre Gemeinschaft und die Gemeinschaftlichkeit eben dadurch, daß sie das Vertrauen zum Wort und den Glauben an die nicht zu versklavende Wahrheit vernichtet."*

18.6. "DIE HEUCHELEI DER IDEOLOGIEN".
Adelbert Reif sprach mit dem Georg-Büchner-Preisträger Manès Sperber. In: Die Weltwoche, 1975, Nr. 49, 10. 12.) ÖNB 903.355-E.Per.
Sperber unterstreicht die Fragwürdigkeit totaler Erklärungssysteme, stellt Ideologie als "Ersatz für Wissen" grundsätzlich in Frage. Andererseits bezweifelt er die weitgehende Manipulierbarkeit der Menschen durch Einzelpersonen oder Massenmedien: die des öfteren festzustellende Diskrepanz zwischen Lese- und Wahlverhalten beweise eine gewisse Gleichgültigkeit der Leser den Botschaften und Überzeugungsversuchen gegenüber. Diese Gedanken führte Sperber in seinem Vortrag "über Macht und Ohnmacht der Presse" weiter aus: auf- und wahrgenommen würde von Lesern nur, was in ihnen bereits vertraute Denkschemata passe.

19 GESCHICHTSPHILOSOPHIE

"Inwieweit wird unser Geschichtsbewußtsein uns ermöglichen, uns befähigen, wirklich so einzugreifen, daß Geschichte werde, was wir wollen, daß sie sei ?"
(Manès Sperber. "Häretiker aus Liebe zur Wahrheit." Manès Sperber wird 65. Interview mit Horst Schumacher, in: Die Tat, Zürich, 1970, 12. 12.)

Sperber interessierte sich schon als Jugendlicher für die Revolution. Im Gegensatz zu seinen späteren geschichtsphilosophischen Fragestellungen war sein damaliges Interesse auf die Persönlichkeiten der Revolutionäre konzentriert; diesem Thema widmete er auch sein erstes Referat 1921/22 im Kreis um Alfred Adler: "Psychologie des Revolutionärs".
Aus verschiedenen Gründen vertiefte Sperber in den späten Dreißigerjahren seine Beschäftigung mit der Französischen Revolution von 1789: einerseits fand 1939 ihr hundertfünfzigster Jahrestag statt, andererseits erlaubte die vordergründige Bezeichnung des Themas ein Ausweichen vor der Nennung der eigentlich gemeinten Oktoberrevolution.
Sperber beschäftigen weniger die Errungenschaften der Revolution als das Schicksal der tragenden Ideen, die Gründe, warum die ursprünglichen Erwartungen und Versprechungen von Freiheit und Gleichheit nicht realisiert wurden.

19.1. MANÈS SPERBER MIT FRITZ HOCHWÄLDER.

Amateuraufnahme, Venedig, 1981; Jenka Sperber, Paris.
Die Freundschaft zwischen Sperber und dem Verfasser historisch-politischer Lehrstücke Hochwälder geht auf die Zeit des Schweizer Exils zurück.

19.2. GUSTAV LANDAUER. BRIEFE AUS DER FRANZÖSISCHEN REVOLUTION.

Ausgewählt, übersetzt und erläutert von Gustav Landauer. 2 Bände. Frankfurt/M.: Rütten & Loening 1919. ÖNB 527.811-B

Landauer vertrat auch in seinen Theorien zur Revolution vom Marxismus abweichende Gedanken: die Revolution sollte, seiner Meinung nach, nicht im Klassenkampf durch das Proletariat, sondern durch einzelne Individuen verwirklicht werden. Als exemplarische Dokumente zu Person und Denken früherer Revolutionäre gab er die Reihe "Revolutionsbriefe" heraus, in der auch das hier gezeigte Werk erschien.

19.3. JAN HEGER (=MANÈS SPERBER): ZWISCHEN DEM 14. JULI UND DEM 9. THERMIDOR.

In: Die Zukunft, Paris, 1939, 30. 6., S. 8; Kopie, Manès Sperber-Archiv Hans-Rudolf Schießer, Frankfurt/Main.

Die Trennung von der Kommunistischen Partei war für viele frühere Mitglieder die Folge der Diskrepanzen zwischen den Zielen der Russischen Revolution und der nachfolgenden Realität. Zu den Moskauer Schauprozessen drängte sich das Ende der Girondisten und der Montagnards als Parallele auf. Sperber behandelt in dem vorliegenden Beitrag die Ereignisse die *"über den Königsmord, die Massaker des September und den Sieg von Valmy zur verderblichen Fraktionsbildung, zur gegenseitigen Vernichtung und schließlich zum Thermidor und zum Bonapartismus führten."*

19.4. MANÈS SPERBER: DER VIELFACHE TOD DES WLADIMIR ILJITSCH.

In: Manès Sperber: Leben in dieser Zeit. Wien, München, Zürich: Europaverlag 1972. ÖNB 1,077.598-B

Die Russische Revolution wurde hier von Sperber als Lehrstück der Depravation der revolutionären Ideen behandelt: im Bemühen, die sozialen und gesellschaftlichen Ziele der Revolution zu verwirklichen und sie gegen Widerstände zu verteidigen habe Lenin selbst Maßnahmen gesetzt, Kompromisse geschlossen, Abweichungen hingenommen, wodurch er schließlich das angestrebte Ideal herabgesetzt und dem Gegenspieler Stalin den Weg zur Macht geebnet habe.

19.5. WLADIMIR ILJITSCH ULJANOW, GENANNT LENIN.

Schutzumschlag mit Porträt zu: Lenin: Die Revolution von 1917. In: Sämtliche Werke. Band XX (erster Halbband). Berlin, Wien: Verlag für Literatur und Politik 1928.

Lenin war sich über die Möglichkeiten der Manipulation im Umgang mit der Popularität revolutionärer Persönlichkeiten im klaren: "Man versucht, aus Revolutionären nach ihrem Tode unschädliche Ikonen zu machen, sie zu kanonisieren, ihren Namen mit einer Aureole zu umgeben, um so die unterdrückten Klassen zu vertrösten, abzulenken, um sie hinters Licht zu führen." Diese Worte stellte Manès Sperber an den Anfang der eigenen Überlegungen.

19.6. MANÈS SPERBER: LA CONCEPTION POLICIERE DE L'HISTOIRE.

In: Manès Sperber: Le talon d'Achille. Essais. Paris: Calmann-Lévy 1957. ÖNB 904.250-B

Eines der Mittel im Kampf um die Macht sind politische Prozesse. Um die ablaufenden Mechanismen zu analysieren bezieht sich Sperber auch hier zunächst auf die Französische Revolution. Der Kampf der Ideen wird, so Sperber, bei dieser Form der Konfliktaustragung unterdrückt, der eigentliche Zweck der Anklage verfälscht,*"weil ein tyrannisches Regime oder eine tyrannische Kirche nicht zuläßt, daß es Gründe für eine Opposition geben könnte"*. Die politischen Gegner werden in solchen Prozessen ihrer geistigen und menschlichen Persönlichkeit beraubt: *"In einem gut aufgezogenen politischen Prozeß schweigt die Politik außer in den rhetorischen Höhenflügen des Staatsanwalts. Die Angeklagten haben nur eine Rolle zu spielen, nämlich jene einer endlich entlarvten Verworfenheit, niemals aber die ihrer politischen Vergangenheit. ... Jene Beschuldigten, die unfähig sind, die ihnen zugedachte Rolle in diesem sakralen Theater zu spielen, werden ohne Prozeß verurteilt und bestraft."* ***(Zit. nach d. Übers. v. Suzanne Heintz in: Manès Sperber: Die Achillesferse. Essais. Köln, Berlin: Kiepenheuer & Witsch 1960. S. 105, 107.)***

19.7. MANÈS SPERBER: REVOLUTION ODER DIE GEWALT VON UNTEN.

In: Manès Sperber: Leben in dieser Zeit. Wien, München, Zürich: Europaverlag 1972. ÖNB 1,077.598-B

Nochmals greift Sperber die Problematik der Revolution, ihres scheinbar zwangsläufigen Mißlingens, auf: *"Ist es unvermeidlich, daß die Gewalt im Falle des*

Sieges die Ziele, auf die sie sich berief, tatsächlich, wenn auch nicht ideologisch verleugnet, indem sie sich der Macht bemächtigt, statt sie abzuschaffen?" Sperber schließt an Landauer an, wenn er den Widerstand nur mehr im Einzelnen, genauer, in der Person des Intellektuellen, sieht: "*Unter diesen Umständen bleibt eine einzige geheime Waffe: eine Feder; die Feder in der Hand einer Achmatowa, eines Pasternak, eines Sinjawski, eines Brodsky, eines Alexander Solschenizyn.*"

19.A BRIEF FRITZ HOCHWÄLDER AN MANÈS SPERBER.

Autograph, Zürich, 9. 10. 1977; Jenka Sperber, Paris.

In seinem Brief bezeugt Hochwälder das außergewöhnliche Interesse, das er – als historisch denkender Zeuge derselben Zeit – am dritten Band von Sperbers Autobiographie "Bis man mir Scherben auf die Augen legt" nahm.

20 GEDANKEN ZU POLITIK UND ZUKUNFT

"Ich bin ein Jude, der einem gewissen prophetischen Judentum Jesaias nahe steht. Und das bedeutet die Gewißheit, daß die Welt, wie sie ist, nicht bleiben kann und nicht bleiben wird, daß alles in der Zukunft liegt.
Das Paradies ist nicht verloren worden, es hat nie existiert. Aber wir werden es machen." (In: Manès Sperber. "Sein psychologisches Testament". Auszüge aus einem Interview mit Hans-Jürgen Walter und Karl-Hermann Schäfer, ausgewählt von Jenka Sperber. In: Manès Sperber. Sein letztes Jahr. München: dtv 1985, S. 94.)

Aller skeptischen Analyse zum Trotz läßt Manès Sperber die Aussicht auf eine positive Zukunft offen. Die Individualpsychologie hat ihm die Überzeugung von der Verbesserbarkeit des Menschen vermittelt, von seiner grundsätzlichen Bereitschaft, sich einer Gemeinschaft einzufügen, sogar, sich in ihren Dienst zu stellen. Für die Gegenwart gilt die Verpflichtung für den Intellektuellen Stellung zu beziehen und wo nötig gegen den Strom zu schwimmen.
Das geistige Zentrum der Zukunft sieht Sperber ideal in einem freien und friedlichen Europa angesiedelt. Dieser Friede allerdings müsse aktiv durch - auch militärische - Verteidigungsbereitschaft errungen werden.

20.1. MANÈS SPERBER AUF DER FRANKFURTER BUCHMESSE.

Photographie, Frankfurt, 1979, Photo dpa/ Heinz Wieseler; Europaverlag, Wien.
Die Aufnahme wurde anläßlich der Vorstellung von Sperbers Essayband "Churban" gemacht.

20.2. MANÈS SPERBER: DER FREIE MENSCH.
Zürich: Verlag Die Arche 1980. (Edition Arche Nova.)
ÖNB 1,182.014-B

In diesem Essai setzt Sperber sich ausführlich mit den Problemen der Freiheit des Willens und, unter dem Eindruck der Studentenbewegung, mit deren in seinen Augen leichtsinnigem Umgang mit dem Begriff Freiheit auseinander. Er schließt mit der Aufforderung, die Freiheit durch Unabhängigkeit von Urteil und Stellungnahme zu bewahren: *"Ich habe gezeigt, dass es nicht leicht ist, frei zu bleiben, d. h. unter anderem, gegen den Strom zu schwimmen, gerade wenn er am unbändigsten ist und reissend wird. Trotzdem darf man glauben, dass die Freiheit eine grosse Zukunft hat."*

20.3. MANÈS SPERBER: DER PROSPEKTIVE MENSCH UND SEINE UTOPIEN.
In: Manès Sperber: Essays zur täglichen Weltgeschichte. Wien, München, Zürich: Europaverlag 1981. ÖNB 1,187.411-B

Manès Sperber warnt in diesem 1976 geschriebenen Essay vor starren, dogmatisch verpflichtenden Ideologien, die die Hoffnungen der Menschen zur Realisierung in sich geschlossener utopischer Systeme mißbrauchten. Der Einsatz für eine bessere Zukunft aber soll durch Diese Warnung soll aber den Einsatz für eine bessere Zukunft nicht abschrecken, soll nur das Bewußtsein der Handelnden fördern: *"Ich bin ein Gegner der Utopien, weil sie versprechen, was sie nie erfüllen können. Dennoch bleibe ich in der Nähe der Utopisten, weil ihr Elan manchmal dazu verhilft, allmählich jene Änderungen zu bewerkstelligen, die für alle das Leben trotz seiner unabänderlichen Endlichkeit sinnvoll, ja sinnschöpfend gestalten mögen."*

20.4. MANÈS SPERBER: WIR SIND VERURTEILT ZU HOFFEN.

Interview mit Alfred A. Häsler. In: Weltwoche, Zürich, 1982, 3. 3., S. 43-44.) ÖNB 903.355-E.Per.

Dieser Zeitschriftenbeitrag bringt eine gute Zusammenfassung der Gedanken Manès Sperbers zu den Problembereichen Unzufriedenheit der Jugend, politische Gewalt, Krieg, Dritte Welt und Zukunft der Zivilisation. Er schließt mit Manès Sperbers ausdrücklichem Bejahen der Zukunft, seinem Willen, an Ihrer Gestaltung mitzuwirken: "*Hoffnung ergibt sich für mich, wenn wir die Welt, die Geschichte als eine unendlich offene Möglichkeit verstehen - und nicht als ein verlorenes Spiel. Das ist, glaube ich, entscheidend. Ich kann auch gar nicht anders leben als mit dem Gefühl: Ich habe zu tun, zu wirken.*"

20.5. MANÈS SPERBER: EINDEUTIGES JA ZU EUROPA.

Interview mit Susanne Betz in: Main Post, Würzburg, 1983, S. 6; Dokumentationsstelle für neuere österreichische Literatur, Zeitungssausschnittsammlung, Wien.

Ein Würzburger Symposium war Sperber Anlaß zum Vortrag seiner Vorstellungen von einem freien und friedlichen Europa vorzutragen, wie er sie wenig später in seiner Dankrede anläßlich der Verleihung des Friedenspreises des Deutschen Buchhandels weiter ausführen sollte.

20.6. FRIEDENSPREIS DES DEUTSCHEN BUCHHANDELS 1983 MANÈS SPERBER VERLIEHEN.

Text der Urkunde, abgedruckt in: Manès Sperber. Sein letztes Jahr. Mit Beiträgen von Manès Sperber, Jenka Sperber und Siegfried Lenz. Hrsg. Heinz Friedrich.

München: Deutscher Taschenbuch Verlag 1985. S. 64. ÖNB 953.948-B.Per. 10.509

Die Verleihung des Friedenspreises des Deutschen Buchhandels war eine der großen Ehrungen für den politischen Menschen und Schriftsteller Sperber. Sie erfolgte, mit diesen Worten der Anerkennung, für den "Schriftsteller, der den Weg durch die ideologischen Verirrungen des Jahrhunderts mitgegangen ist und sich von ihnen befreite. Er hat sein Leben lang die Unabhängigkeit seines eigenen Urteils bewahrt und, unfähig zur Gleichgültigkeit, den Mut aufgebracht, jene nicht existente Brücke zu betreten, die sich nur vor dem ausbreitet, der seinen Fuß über den Abgrund setzt."

Die Dankrede des Preisträgers gab Manès Sperber Gelegenheit, seine letzten aufsehenerregenden Stellungnahmen zu unserer Gegenwart und Zukunft zu formulieren. In dieser - teilweise kontroversiell aufgenommenen - Rede betont er daß Pazifismus, so begreiflich er auch sein möge, in der Situation des heutigen Europa nicht zur Sicherung des Friedens diene:

"Um es völlig klarzumachen: Ich bin entschiedenst gegen jeden *Krieg, gleichviel, auf welchen Glauben oder welche Ideologie sich die Angreifer berufen mögen. (...)*

Wer jedoch glaubt und glauben machen will, daß ein waffenloses, neutrales, kapitulierendes Europa für alle Zukunft des Friedens sicher sein kann, der irrt sich und führt andere in die Irre. Wer für die Kapitulation vor jenem bedrohlichen Imperium eintritt, das seit dem Zweiten Weltkrieg mehrere europäische Staaten in Satelliten verwandelt hat, irrt sich und führt andere in die Irre. (...)

Wie auch immer die Beziehungen zwischen Amerika und Rußland sich gestalten mögen, Europa wird sich nicht dank masochistischer Wehrlosigkeit, sondern nur dann aus deren Konflikten heraushalten können, wenn es selbst eine Supermacht geworden sein wird, so abschreckend wie jene Riesenstaaten. ... Wir alten Europäer aber, die den Krieg verabscheuen, wir müssen leider selbst gefährlich werden, um den Frieden zu wahren." (Zit. nach Manès Sperber: Leben im Jahrhundert der Weltkriege. Rede zur Verleihung des Friedenspreises des Deutschen Buchhandels, in: Manès Sperber. Sein letztes Jahr. Mit Beiträgen von Manès Sperber, Jenka Sperber und Siegfried Lenz. Hrsg. Heinz Friedrich. München: Deutscher Taschenbuch Verlag 1985. S. 71, 81-82, 83.)

20.7. MANÈS SPERBER: AUFFORDERUNG ZUM DIALOG.
In: Manès Sperber: Das Österreichische an Alfred Adler. In: Ein Österreicher namens Alfred Adler. Seine Individualpsychologie - Rückschau und Ausblick. Hrsg. Erwin Ringel und Gerhard Brandl. Wien: Österreichischer Bundesverlag 1977. ÖNB 1,150.474-B
Sperbers Worte über Alfred Adler wurden von den Herausgebern in Übereinstimmung mit dem Schriftsteller ausgewählt. Manès Sperber verfaßte zusätzlich zu den Zitaten zwei Beifügungen eigens für das vorliegende Buch. Eine davon wirbt für den Dialog, die Anerkennung des Anderen, als Grundlage für den Aufbau einer tragfähigen Gemeinschaft.

20.A MANÈS SPERBER MIT SEINER ENKELIN EMMA.
Photographie, um 1983; Jenka Sperber, Paris.
Das jüngste Enkelkind Emma war für Sperber konkreter Anlaß, über die Zukunft nachzudenken, seinem Glauben an die Zukunft Ausdruck zu verleihen: "*Es geschieht nicht selten, daß ich Emma, mein jüngstes Enkelkind, betrachte: mit Angst vor allem, was ihrer Generation bevorstehen mag .. Aber auch mit einer großen Zuversicht. Es ist nicht so sehr der unbrechbare Wille zur Hoffnung, als die kategorische Ablehnung der Mutlosigkeit, somit ein Widerstand gegen die Resignation.*"

21 ZENTRALES AUTOBIOGRAPHISCHES THEMA: JUDENTUM

"Seit Jahrzehnten vergeht mir kaum ein Tag, ohne daß ich jener Zeit gedenke, da mein Volk im Herzen Europas bis zur Entmenschung gedemütigt und von den herrschenden Mördern ausgerottet wurde. Mir vergeht kaum ein Tag, an dem ich die Gleichgültigkeit vergessen konnte, mit der die Welt dieses jahrelang geschehen ließ. Solche Einsamkeit nistet seither in meinesgleichen, im heitern Sonnenschein bricht vereisende Kälte herein, das Geschehene dringt in die Gegenwart ein, als ob es nicht Erinnerung , sondern eine unablässig wiederholte Gewalttat wäre." ***(Manès Sperber: Mein Judesein, in: Mein Judentum. Hrsg. von Hans-Jürgen Schultz. Stuttgart: Kreuz Verlag 1978. S. 190.)***

Manès Sperber hat sein Judentum nie verleugnet, hätte das auch unter anderen historischen Bedingungen gewiß nie getan. Ein normales Leben in einer emanzipierten Gesellschaft hätte seine Zugehörigkeit zu der innerlich überwunden Religion vermutlich mehr in den Hintergrund treten lassen. Die Verfolgungen und Massenmorde jedoch, die totale Vernichtung des Ostjudentums und weitgehende Zerstörung der Basis des Westjudentums brachten zwingend eine ständig erneuerte Identifikation mit dem Unwiederbringlichen sowie die Solidarität mit den Überlebenden mit sich.
Diese Verbundenheit mit dem Judentum fand nicht nur in den persönlichen Stellungnahmen, sondern auch im Werk des Schriftstellers ihren Niederschlag.
Leonhard Reinisch berichtet von Manès Sperbers spätem Plan einer Übersetzung der Psalmen, zu dessen Ausführung es nicht mehr gekommen ist.
Sperber sorgte auch für die Veröffentlichung von "Das Tagebuch der Anne Frank" im Verlag Calmann-Lévy.

21.1. MANÈS SPERBER.
Photographie, 1977, Rudi Otto, Wiesbaden; Europaverlag, Wien.

21.2. MANÈS SPERBER: MANUSKRIPT ZU WOLYNA.
Faksimile des Originalmanuskripts, S. 2, Beilage zu: Manès Sperber: Wolyna. Wien, München, Zürich: Europaverlag 1984. ÖNB 1,227.250-B
Wolyna behandelt die Vernichtung einer ostjüdischen Gemeinde und das Verlöschen ihres geistigen Erbes.
Wolyna ist ein Teil des dritten Bandes von Manès Sperbers Romantrilogie "Wie eine Träne im Ozean" (Seite 291 bis 403 des Manuskripts). Als in sich abgeschlossene Erzählung und mit einem Vorwort dieses Schriftstellers versehen wurde es 1952 auf Vorschlag von André Malraux in Form einer Sonderausgabe in Frankreich veröffentlicht.
Obwohl Wolyna in deutscher Sprache geschrieben wurde bezieht C. Lehrmann es in seine Untersuchung "L´élément juif dans la littérature française" ein.
1974 inszenierte Milo Sperber eine Bühnenfassung der Erzählung am israelischen Nationaltheater Habimah.

21.3. PLAKAT ZUM FILM "UNE LARME DANS L´OCEAN".
Plakat der Cocinor zu dem 1974 nach Sperbers "Wolyna" von Henri Glaeser gedrehten Film; Jenka Sperber, Paris.
Schon Malraux dachte in seinem Vorwort zu Wolyna an die Möglichkeit einer Verfilmung: "Die Mittel der Tragödie sind in diesem Buch so beharrlich vorhanden, daß man daraus ein ergreifendes Stück machen könnte, vorausgesetzt, daß es einem großen Regisseur gelingt,

die Schlachten und den Wald erstehen zu lassen, für die sich das Theater schlecht eignet; und ganz bestimmt ergäbe es einen außergewöhnlichen Film. "

21.4. MANÈS SPERBER: DIE WASSERTRÄGER GOTTES.
Wien. München, Zürich: Europaverlag 194.
ÖNB 1,112.491-B
Dieser erste Band der Erinnerungen des Autors geht in liebevoller Eindringlichkeit auf seine Kindheit im ostjüdischen "Städtel" ein. Erlebnisse des Kindes Manès Sperber, Schilderungen des Städtchens, der ruthenischen Nachbarn, Heraufbeschwören der Denkweise der jüdischen Bevölkerung erfolgen mit suggestiver Lebendigkeit hinter einem Schleier der Trauer, des Wissens um das furchtbare Ende und die Unwiederbringlichkeit dieser Welt.

21.5. MEIN JUDENTUM.
Nach einer Sendereihe des Süddeutschen Rundfunks Stuttgart hrsg. von Hans Jürgen Schultz. Stuttgart: Kreuz Verlag 1978. ÖNB 1,158.821-B
Judentum als Schicksalsgemeinschaft ist der gemeinsame Nenner der Antworten in diesem Buch, denn die Massenmorde des Nationalsozialismus haben die Solidarisierung auch derjenigen zur Folge, die außerhalb der jüdischen Gemeinden aufgewachsen waren. Manès Sperber, einer der wenigen Befragten mit orthodoxer Erziehung, legt in seinem Beitrag Nachdruck auf die jahrhundertealte Tradition der Bibellektüre und -interpretation für die Bewahrung der jüdischen Identität: Die Juden "*allein sind durch Jahrtausende vor allem jenen ihrer Lehrer, so den Propheten, treu geblieben, von denen sie mit schmerzlicher Strenge gerichtet und häufig verurteilt worden sind. Nein, ich vergesse nicht, wie oft meine Ahnen ihre Rücken erniedrigend tief beugen mußten, um ihr*

nacktes Leben zu retten. Aber sie blieben stets das Volk des harten Nackens, von dem die Bibel spricht."

21.6. BUBER-ROSENZWEIG-MEDAILLE.
Medaille; Jenka Sperber, Paris.
Der Dachverband der 45 Gesellschaften für christlich-jüdische Zusammenarbeit vergibt seit 1968 jährlich die Buber-Rosenzweig-Medaille für Verdienste um christlich-jüdische Verständigung. Die Ehrung für Manès Sperber fand bei der zentralen Eröffnungsveranstaltung der Woche der Brüderlichkeit am 4. März 1979 in Hannover statt.

21.7. MANÈS SPERBER: CHURBAN ODER DIE UNFASSBARE GEWISSHEIT.
Essays. Wien, München, Zürich: Europaverlag 1979. ÖNB 1,172.905-B
Der Titel des Sammelbandes trägt als Titel "Churban", ein Wort, das in Hebräisch Vernichtung, besonders jene des Tempels in Jerusalem, des geistigen Zentrums der Judenheit, bedeutet, und in Jiddisch die "seit 1940 von Hitler und seinen Komplizen organisierte Ausrottung des größeren Teils der europäischen Judenheit" meint. Die im vorliegenden Band vereinigten Essais beziehen sich auf beide Bereiche jüdischer Kultur. Auf Grundsätzliches über die existenzielle Erfahrung des Jude-Seins folgen Überlegungen zu Adolf Eichmann, dem Organisator der nationalsozialistischen Morde an Millionen Juden. Den wichtigsten Vertretern ostjüdisch-jiddischer Literatur sind sieben Beiträge gewidmet, unter ihnen Scholem Alejchem, Jacob Glatstein und Mendel Mann. Drei Beiträge widmet Sperber der elementaren faktischen und emotionalen Rolle, die die Existenz Israels als Heimstätte der Juden heute spielt.

Für die Essaysammlung Churban erhielt Manès Sperber den Prix de l'Essai Européen Charles Veillon verliehen.

21.A REMEMBRANCE AWARD 1967 OF THE WORLD FEDERATION OF THE BERGEN BELSEN ASSOCIATIONS.

Programm des "Annual Dinner" am 10. 12. 1967 mit Vorstellung des Ehrengastes und Ausgezeichneten des Remembrance Award für 1967; Jenka Sperber, Paris.

Der jährlich vergebene "Erinnerungspreis" des Weltverbandes der Bergen-Belsen Verbände wurde von diesen Überlebenden der Konzentrationslager gestiftet, um den Autor eines bedeutenden literarischen Werks auszuzeichnen, das von der Erfahrung des Holocaust inspiriert ist und dazu dient, die Bedeutung dieser Erfahrung uns und zukünftigen Generationen faßbar zu machen.

Die Würdigung des Preisträgers Manès Sperber ist eingebettet in die Präsentation der bereits erschienenen Bücher der Remembrance Award Reihe. Unter deren Autoren sind Jacob Glatstein und Elie Wiesel. Dem jiddisch schreibenden Lyriker Glatstein widmete Sperber einen Essay in Churban. Der Nobelpreisträger Elie Wiesel, mit Manès Sperber von Hilfsaktionen für jüdische Volksgruppen bekannt und befreundet, zudem erster Gewinner des Remembrance Award 1965, hielt die Festrede für seinen Freund. Im Manuskript der Einleitung zur amerikanischen Ausgabe von Sperbers Erinnerungen berichtet Wiesel von der Freude, die Manès Sperber empfand, in New York mit dem chassidischen Rabbi von Lubawitsch zusammenzutreffen, im jiddischen Gespräch mit dem Rabbi an die Tradition seiner Kindheit anzuknüpfen.

21.B ICH LEBE NICHT IN DER BUNDESREPUBLIK.
Herausgegeben von Hermann Kesten. München: List 1964. ÖNB 822.742-A.Per. 256
Das Wissen um die Judenverfolgungen und Morde rief in Manès Sperber den inneren Bruch mit Deutschland hervor, in das er nach dem Krieg zurückkehren wollte. Er betont, daß er keinen Haß empfinde, nicht die These einer Kollektivschuld des deutschen Volkes vertrete: *"Kein Ressentiment und kein Haß, sagte ich - was also trennt mich von Deutschland ?*
Eine Trauer, so grenzenlos, daß das Leben einer Generation nicht lang genug sein kann, sie auszuschöpfen. Und sodann die peinigende Erinnerung an die systematische Entwürdigung, an die unsägliche Erniedrigung, in der meinesgleichen leben und sterben mußte – überall, wo zwischen 1933 und 1945 im Namen der Deutschen regiert wurde.
Ja, ich gebe es zu, in meinem tiefsten Inneren glaube ich, daß es noch während zweier oder dreier Generationen für Juden meiner Art unwürdig sein wird, in Deutschland zu leben und sich mit den Deutschen zu identifizieren."

21.C MANÈS SPERBER UND HERMANN KESTEN.
Undatierte Photographie; Jenka Sperber, Paris.
Hermann Kesten hat sich nach frühen literarischen Erfolgen ab 1933 im Exil unter selbstloser Hintanstellung der eigenen schriftstellerischen Arbeit für die Rettung gefährdeter Schriftsteller eingesetzt, in sehr vielen Fällen mit Erfolg. Die persönliche Bekanntschaft mit Manès Sperber wurde von Blanche Gidon, der Übersetzerin Joseph Roths und auch Sperbers, nach dem Krieg in Paris vermittelt.

14.2.84

87 RUE NOTRE-DAME DES CHAMPS
75006 PARIS
TEL. 384 30-21

Paris, den 24/12/83

Mein sehr lieber Rudolf Henz,

Vor einiger Zeit habe ich Dir telephonisch versprochen, diesen Brief zu schreiben. Es geschieht aber erst jetzt, weil ich in mir noch keinen richtigen Taetigkeitsdrang fuehle. Aber was ich schon seit Jahren tief empfinde, ist die Genugtuung und die Freude darueber, dass wir, Du und ich, einander so nahe gekommen sind. Ich moechte nichts Pathetisches sagen, aber es ist halt doch wahr, dass es abgesehen vom Persoenlichen, das entscheidend ist, etwas Ueberpersoenliches gibt, das uns bindet: das ist der Rest, den Du und ich vom alten Oesterreich in uns tragen. Wie sehr dieses in Dir lebt, habe ich insbesondere in Deinem letzten Roman empfunden. Und das scheint mir ueberaus sinnvoll, ja in vieler Hinsicht sinngebend.

Vom M.S. unterstrichen!

Ich muss Dir vor allem fuer Deine Anrufe und das lebendige Interesse danken, das Du fuer meinen Zustand aufbringst. So ist dieser einer der allerersten Briefe, die ich - mit meiner Frau an der Schreibmaschine - zu schreiben beginne.

In Deinem letzten Brief hast Du das Ehrenzeichen erwaehnt, das ich wohl in erster und letzter Linie Dir verdanke - genau wie seinerzeit den Staatspreis. Nun, ist ist so, dass ich im Augenblick noch nicht mobil bin, aber wenn es wieder warm ist, hoffe ich doch die Reise zu unternehmen. Und es ist merkwuerdig - nun habe ich das 78 Lebensjahr erreicht und empfinde wie ein Kind Heimweh nach der Stadt meiner Jugend. Mag sein, dass dies psychologisch leicht zu erklaeren ist. Vielleicht sollten wir diese Zeremonie fuer den Sommer vorsehen; vielleicht kommst Du noch darauf zurueck. Besten Dank im voraus.

Mein Lieber, Du weisst wahrscheinlich, dass meine Friedensrede bei den radikalen Pazifisten einen entschiedenen ja wilden Widerstand hervorgerufen hat. Nun lese ich gerade heute den Text, den der Papst ueber die Friedensfrage verlautbart hat. Es ist schon merkwuerdig, wie ich alter Jud' und er, der nicht mehr ganz junge Papst, uebereinstimmen. Wir sind halt in die gleiche, harte Lebensschule gegangen und sind gleichermassen entschlossen, kein Yota von dem abzulassen, was wir als Wahrheit empfinden.

Das sollte nur ein kurzes Lebenszeichen sein und ist lang geworden. Nochmals herzlichen Dank fuer Deine Freundschaft und die herzlichsten Wuensche fuer das Neue Jahr!

In alter, stets herzlicher Freundschaft

Dein alter Manès Sp.

22.6.

22 ZENTRALES AUTOBIOGRAPHISCHES THEMA: ÖSTERREICH

"Es handelt sich hier um die besondere, in der Tat sonderbare Welt der Doppelmonarchie und um jenes Wien, das nicht nur die kaiserliche Residenzstadt, sondern der Ort der sonderlichsten Begegnungen, der Diversitäten und Gegenüberstellungen war, wo die Antagonismen - etwa im Parlament - unverhehlt zum Ausdruck gebracht wurden, aber auch immer wieder ihre teil- oder zeitweise Bewältigung erfuhren. Die Logik des Zusammenlebens setze sich gegen die "private Logik" der antagonistischen Gruppen (Stämme, Nationalitäten) durch." ***(Manès Sperber: Das Österreichische an Alfred Adler, in: Ein Österreicher namens Adler. Seine Individualpsychologie - Rückschau und Ausblick. Hrsg. Erwin Ringel und Gerhard Brandl. Wien: Österreichischer Bundesverlag 1977. S. 41.)***

Die Kultur und die Atmosphäre des österreichisch-ungarischen Vielvölkerstaates haben Manès Sperbers Kindheit und Jugend geprägt, gleichermaßen während seiner Kindheit in Galizien wie während seiner Jugend in Wien. Daraus entstand eine tiefe persönliche Bindung des Autors, die auch sein Werk, besonders sein Spätwerk, prägte. Öffentliche Preise der heutigen Republik Österreich stellen dafür eine Anerkennung und Würdigung dar: Verleihung des Professorentitels, Preis für Dichtung der Stadt Wien, Franz Nabl-Preis der Stadt Graz, und als höchste Auszeichnung der Große Österreichische Staatspreis für Literatur. In diesem Zusammenhang ist die späte Begegnung und späte Freundschaft Sperbers mit dem katholischen Schriftsteller und Kulturpolitiker Rudolf Henz zu nennen, die von beiden Männern als eine symbolische Evokation von etwas "Überpersönlichem", dem "alten Österreich", empfunden wurde.

In seinem letzten Brief an Henz noch berührt Sperber dieses Thema: *"Und es ist merkwürdig - nun habe ich das 78. Lebensjahr erreicht und empfinde wie ein Kind Heimweh nach der Stadt meiner Jugend."*

Die posthume Stiftung eines Manès–Sperber–Preises soll der Präsenz Manès Sperbers im österreichischen Geistesleben Dauer verleihen.

22.1. MANÈS SPERBER IN EINEM WIENER PARK.
Photographie, Wien, 1978, Photo Votava/ Wien; Jenka Sperber, Paris.
Die Aufnahme wurde in bewußter Anknüpfung an das Dokument Nr. 5.1. im Wiener Augarten gemacht, wo sich Sperber während seiner Wiener Jugendjahre oft aufhielt.

22.2. MANÈS SPERBER: WIEN - HAUPTSTADT VERSCHIEDENER VÖLKER.
Auszug aus der Rede bei dem kommunalpolitischen Symposium der Aktion "pro Wien", Wien, Oktober 1977. In: Geist und Ungeist in Wien. Wien: Institut für Wirtschaft und Politik 1978. ÖNB 1,160.951-B
Sperber knüpft in seiner Rede an ferne Eindrücke von Wien an, als die Stadt Kreuzpunkt vieler nationaler Kulturen war, aus denen das "Komposit der österreichischen Kultur" entstand. Aus dieser Erinnerung entwirft er eine alt-neue Rolle für Wien: die einer *"Stadt der Mitte für Mitteleuropa"*, eines Zentrums auch für Ost- und Südosteuropa, für Menschen, *"die sich weder als Deutsche noch als deutschsprechende Österreicher bezeichnen würden, die aber gerne Anteil hätten an einem Zentrum, in dem sie zwar nicht Staatsbürger wären, aber an dem sie schöpferisch teilhätten."*

22.3. WIEN–EINE KRANKHEIT, DIE MAN GENIESST?
Notizen von einem Urban-Symposium der Wiener Volkspartei von W. J. Schwarz. In: Kurier, Wien, 1977, 20. Oktober; ÖNB 839.311-E.Per.
Der Titel von Wolfgang Schwarz' Beitrag bezieht sich auf das von Manès Sperber hier (und zuvor bereits 1974 bei der Rede zur Kultur der Zwischenkriegszeit) angesprochene Faktum, daß die Kultur Wiens nicht überall und nicht immer positiv bewertet wurde. Er verwies auf die ausgeprägt antiwienerische Kultur, die auf dem Lande entstand, und zwar als späte Folge der Gegenreformation, wie Sperber meint.
An dem Symposium "Urbanes Leben in Wien" der Wiener Landesorganisation der Österreichischen Volkspartei nahmen neben Manès Sperber der Schriftsteller Friedrich Heer, die Historikerin Erika Weinzierl, der Journalist Otto Schulmeister und der damalige Rektor der Wiener Universität Kurt Komarek teil.

22.4. DER GROSSE ÖSTERREICHISCHE STAATSPREIS FÜR LITERATUR 1977 AN MANÈS SPERBER.
Kämpfer zwischen den Fronten. Bericht in: Die Presse, 1977, 24. 10. ÖNB 974.002-D.L.
Der Österreichische Kunstsenat unter seinem Präsidenten Rudolf Henz hat Manès Sperber den Großen Österreichischen Staatspreis für Literatur einstimmig zuerkannt. In seiner Laudatio fand Henz sehr österreichische Gründe für die Verleihung des Preises: einmal künstlerisch–empfindsame: denn Sperbers Deutsch sei ein Österreichisches in Syntax und Klang; sodann Gründe des Selbstverständnisses: weil ihm Wien zum Schicksal geworden sei, und er für Wien kritische, ja böse Worte gefunden habe, wie sie nur "gelernte Österreicher" verstünden.

22.5. RUDOLF HENZ.

Undatierte Photographie; Dokumentationsstelle für neuere österreichische Literatur, Wien.

Die Freundschaft, die Manès Sperber mit Rudolf Henz verband, schätzten beide Männer in ihrem Gefühls- und Symbolwert hoch ein. Sperber schrieb Henz 1982 zu dessen Geburtstag *"nicht nur um Dir alles Wuenschenswerte zu wuenschen, sondern um Dir zu sagen, dass ich dafür dankbar bin, Dich - wenn auch spät in Deinem und meinem Leben - getroffen und, wie es in der Bibel heißt, "in Deinen Augen Gunst gefunden" zu haben"*. *(Brief Manès Sperber an Rudolf Henz, Paris, 4. 5. 1982.)* Im Bewußtsein, eine *"auf zwei Beinen wandelnde Erbschaft"* darzustellen, bemühte sich der "Erbe" Henz um weitere Auszeichnungen für den "Erben" Sperber. Dieser antwortet, das Ehrenzeichen für Wissenschaft und Kunst wolle er *"gerne annehmen - auch, um damit meinen Austriazismus zu manifestieren"*. *(Brief Manès Sperber an Rudolf Henz, Paris, 30. 7. 1983; beide Briefe: Dokumentationsstelle für neuere österreichische Literatur, Wien.)*

22.6. BRIEF MANÈS SPERBER AN RUDOLF HENZ.

Typoskript mit eigenhändiger Unterschrift, Paris, 24. 12. 1983. Von Rudolf Henz der Dokumentationsstelle übergebene Kopie des Briefes; Dokumentationsstelle für neuere österreichische Literatur, Wien.

Dieser letzte Brief des Freundes mit seiner Beschwörung des "alten Österreich" hatte für Rudolf Henz besonderen Wert, unter dem Eindruck von Manès Sperbers Tod sandte er Kopien davon an Zeitungen, Zeitschriften, an den Rundfunk und auch an die Dokumentationsstelle als der Verwalterin und späteren Erbin seines Nachlasses.

Henz hat den Brief in der Zeitschrift "Literatur und Kritik" veröffentlicht. Seine den Abdruck begleitenden Worte setzen Manès Sperber in den Zusammenhang der Tradition: "Er, der unablässige "Kämpfer gegen die Schieläugigkeit aller Religionen, Nationen, Parteien, gegen die diktatorischen Lügen und die ideologischen Verfälschungen für ihre und alle Opfer", eine Mahnung aus dem alten Österreich, das bei allen inneren Auseinandersetzungen von oben her wahrhaft tolerant war, mindestens toleranter als es heute so manchem Österreicher noch recht schwer zu fallen scheint." (In: Literatur und Kritik, Wien, 1984, Nr. 183/ 184, April/ Mai, S. 113-114.)

22.7. STIFTUNG EINES MANÈS-SPERBER-STAATSPREISES FÜR LITERATUR.

Bericht in: Die Presse, Wien, 1984, 16. Februar. ÖNB 974.002-D.L.

Die Stiftung des Preises erfolgt in Anerkennung der "großen gesellschaftspolitischen, literarischen und zeitgenössischen Bedeutung des Gesamtwerks von Manès Sperber sowie seiner tiefen Verbundenheit mit Wien und Österreich". Der mit 100.000 Schilling dotierte, von den beiden Bundesministerien für Wissenschaft und Forschung einerseits sowie für Unterrricht, Kunst und Sport andererseits getragene Preis wird alle zwei Jahre für zeitgenössisches und gesellschaftspolitisches literarisches Schaffen vergeben.

Erster Preisträger 1985 war Siegfried Lenz. Lenz sieht in Sperber ein Vorbild, hat viele Berührungspunkte mit ihm: z. B. lieferte er 1972 einen Beitrag zu Sperbers Umfrage "Wir und Dostojewskij", initiierte ein TV-Gespräch mit Sperber, das er 1980 in Buchform veröffentlichte, schließlich hielt er 1983 die Laudatio anläßlich der Verleihung des Friedenspreises des Deutschen Buchhandels an Sperber. Für 1987 ist der Preis dem italienischen Germanisten und Schriftsteller

Claudio Magris zuerkannt worden. Magris nahm 1977 an dem Symposium in Rom zu Manès Sperber teil und veröffentlichte einen Beitrag über den Schriftsteller in der germanistischen Zeitschrift Modern Austrian Literature.

22.A MANÈS SPERBER UND RUDOLF HENZ.
Photographien, Wien, 1977, Photo Bellingrath; Jenka Sperber, Paris, und Dokumentationsstelle für neuere österreichische Literatur.

23 SCHLUSSTAFEL

23.1. MANES SPERBER UM 1983.
Photographie, Paris, um 1983. L'Express / Jean-Pierre Couderc.

23.A SCHREIBEN IN DIESER ZEIT. FESTSCHRIFT FÜR MANÈS SPERBER.
Herausgegeben von Wolfgang Kraus. Wien, München, Zürich: Europaverlag 1976. ÖNB 1,125.000-B
Manès Sperber zu Ehren stellten dreizehn Autoren Beiträge zur Verfügung; eigens für den Anlaß der Festschrift neu schrieben Hermann Kesten, Eugène Ionesco, Raymond Aron, Siegfried Lenz und Elie Wiesel.

WICHTIGE BIOGRAPHISCHE DATEN

1905 12 05	Geburt in Zablotow, Ostgalizien
1914-1916	Wiederholte Flucht aus dem Kriegsschauplatz Zablotow
1916 11 27	Ankunft in Wien
1917-1921	Mitgliedschaft im Haschomer Hazaïr
1921	Alfred Adler wird auf Manès Sperber aufmerksam
1926	Erscheinen von "Alfred Adler. Der Mensch und seine Lehre." (Monographie)
1927	Übersiedlung nach Berlin
	Heirat mit Mirjam Reiter
	Mitgliedschaft in der Kommunistischen Partei Deutschlands

1931	Besuch der Sowjetunion anläßlich eines Psychologenkongresses
1933 01 31	Machtübernahme durch die Nationalsozialisten in Deutschland
1933 03 15	Verhaftung in Berlin
1933 04 20	Entlassung aus der Haft
1933 04 24	Rückkehr nach Wien über Prag
1933-1934	Übersiedlung nach Jugoslawien
	Illegale Arbeit für die Kommunistische Partei
1934 01 29	Geburt des Sohnes Vladimir Friedrich Uri
1934 06	Übersiedlung nach Paris
	Arbeit für das "Institut zum Studium des Faschismus" in Paris im Auftrag der Kommunistischen Partei
1935	Arbeit im Auftrag der Kommunistischen Partei für den Weltjugendkongreß gegen Krieg und Faschismus
1936	Lernt Jenka Siwzon, seine spätere Frau, kennen
1937 09-10	Aufenthalt in Wien
1938	Mitarbeit in Paris an der KP-fernen Zeitschrift "Die Zukunft" nach Trennung von der Kommunistischen Partei
	Erscheinen von "Die Analyse der Tyrannis" (sozialpsychologische Studie) in Paris
1939 12	In der Fremdenlegion eingerückt
1940	Nach der Demobilisierung Aufenthalt in Cagnes-sur-Mer

	Beginn der Arbeit am Roman "Der verbrannte Dornbusch"
1942 06 20	Geburt des Sohnes Dan
1942 09	Flucht in die Schweiz
1945	Rückkehr nach Paris
1946	Geht als Kulturbeauftragter für den kulturellen Wiederaufbau in die französisch besetzte Zone Deutschlands
	Beginn der Tätigkeit am Pariser Verlagshaus Calmann-Lévy
1949	Erscheinen des Romans "Der verbrannte Dornbusch" in deutscher und französischer Fassung ((d. i. ein Teil der Trilogie "Wie eine Träne im Ozean")
1950	Erscheinen von "Plus profond que l´abîme" (d. i. ein Teil der Trilogie "Wie eine Träne im Ozean" in französischer Sprache)
1950-1970	Mitarbeit am Kongreß für die Freiheit der Kultur
1952	Erscheinen von "Qu´une larme dans l´océan" und "La baie perdue", d. s. Teile der Trilogie "Wie eine Träne im Ozean" in französischer Sprache
1955	Erscheinen von "Die verlorene Bucht" (d. i. ein Teil der Trilogie "Wie eine Träne im Ozean")
1961	Erscheinen der Trilogie "Wie eine Träne im Ozean" erstmals geschlossen in deutscher Sprache

1963-1967	Herausgeber der Reihe "Essay" im Verlag Kiepenheuer & Witsch, Köln
1967	Erscheinen von "Zur täglichen Weltgeschichte" (Essays)
	International Remembrance Award
1970	Erscheinen von "Alfred Adler oder das Elend der Psychologie" (psychologie- und kulturhistorische Studie)
1971	Literatur-Preis der Bayerischen Akademie der Schönen Künste
1972	Erscheinen von "Leben in dieser Zeit" (Essays)
	Erscheinen von "Wir und Dostojewskij. Eine Debatte"
1973	Mitglied des Österreichischen Pen-Club
	Hansischer Goethepreis der Stiftung F.V.S.
1974	Erscheinen von "Die Wasserträger Gottes" (d. i. der erste Teil der Erinnerungen "All das Vergangene")
	Preis der Stadt Wien für Dichtkunst
1975	Georg Büchner-Preis der Deutschen Akademie für Sprache und Dichtung, Darmstadt
	Erscheinen von "Die vergebliche Warnung" ((d. i. der zweite Teil der Erinnerungen "All das Vergangene")
1977	Erscheinen von "Bis man mir Scherben auf die Augen legt" ((d. i. der dritte Teil der Erinnerungen "All das Vergangene")

	Großer Österreichischer Staatspreis für Literatur
	Franz Nabl-Preis der Stadt Graz
	Symposium zu Manès Sperber am Österreichischen Kulturinstitut in Rom
1978	Erscheinen von "Individuum und Gemeinschaft" (sozialpsychologische Vorlesungen, deren Text 1933/34 in Wien und Jugoslawien entstand)
1979	Erscheinen von "Churban oder die unfaßbare Gewißheit" (Essays)
	Buber-Rosenzweig-Medaille der Gesellschaft für Christlich-Jüdische Zusammenarbeit
1980	Prix Européen de l'Essai Charles Veillon
	Preis der Akademie Amriswil
1983	Friedenspreis des Deutschen Buchhandels
	Ehrenring der Stadt Wien
1984 02 15	Tod Manès Sperbers in Paris
1984	Stiftung eines Manès-Sperber-Staatspreises durch die österreichischen Bundesminister für Wissenschaft und Forschung sowie für Unterricht, Kunst und Sport

DANK

Den folgenden Institutionen und Personen wird hiemit herzlich für ihre Unterstützung bei der Arbeit an dem Katalog gedankt.

An erster Stelle seien genannt
Jenka Sperber, Paris
Hans-Rudolf Schießer / Manès Sperber-Archiv, Frankfurt/M.
Helga Perz, Manès Sperber-Gesellschaft Wien

Österreichische Nationalbibliothek
Abteilung für Reprographie
Buchbinderei
Druckschriftensammlung
Kartensammlung
Planungsstelle
Porträtsammlung und Bildarchiv

Deutsche Bibliothek / Deutsches Exil-Archiv, Frankfurt/M.
Deutsche Bücherei, Leipzig
Dokumentationsarchiv für den österreichischen Widerstand
Dokumentationsstelle für neuere österreichische Literatur
Deutsche Presseagentur DPA / Bildzentrale
Europaverlag, Wien

Editions Gallimard, Paris
Internationales Institut für Sozialgeschichte, Amsterdam
Kurier-Archiv, Wien
Österreichisches Staatsarchiv - Kriegsarchiv
Schweizerische Landesbibliothek, Bern
Universität Wien - Institut für die Geschichte der Medizin
Universitätsbibliothek Wien
Volksstimme-Archiv, Wien

Elisabeth Altenburger
Smail Balic
Dir. HR Dr. Ferdinand Baumgartner
Dir. Dr. Otto Breicha, Salzburg-Wien
Florian Brody
Dr. Jutta Burgstaller
Mag. Ernst Chorherr
Dr. Wolfgang Duchkowitsch
Dr. Helga Fischer
Daniel Franck, Paris
Anne-Elisabeth Gattlen, Bern
Henri Glaeser, Paris
Horst Grüner, München
Mechthild Hahner, Frankfurt
Dr. Bernhard Handlbauer, Linz - Salzburg
HR Dr. Ernst Hillebrand
Vera Huber
AR Alfred Janderka
Prof. Dr. Robert Jungk
K. Kellner
Dr. Robert Kittler
Dr. Elisabeth Klamper
Dr. Hilde Koplenig
Dr. Ursula Langkau-Alex, Amsterdam
Dr. Helmut Leitner
Stv. Dir. Dr. Helmut Lohse, Leipzig
Christian Lunzer
Dr. Heinz Lunzer
Peter Maringer
Alexandra Nowak
Dipl. Ing. Helmut Ortner

Rudi Otto, Wiesbaden

Gerhard Pauly

Dr. Konrad Peter

Karl Seitner

Dr. Manfred Skopec

Milo Sperber, London

Dir. Karin Unger

Helmut Vogrin

Dir. Dr. Franz Wawrik

Dr. Willi Weinert

HR Dr. Walter Wieser

Eva und Prof. Dr. Hans Zeisel, Chicago

Dr. Brigitta Zeßner-Spitzenberg

INHALT